Katharina Lindner

Die Unvollkommenheit
der Wünsche

Bibliografische Information der Deutschen Nationalbibliothek:
Die Deutsche Nationalbibliothek verzeichnet diese Publikation in der Deutschen Nationalbibliografie; detaillierte bibliografische Daten sind im Internet über http://dnb.dnb.de abrufbar.

TWENTYSIX – Der Self-Publishing-Verlag
Eine Kooperation zwischen der Verlagsgruppe Random House und BoD – Books on Demand

© 2021 Katharina Lindner

Herstellung und Verlag:
BoD – Books on Demand, Norderstedt

ISBN: 9783740781439
Coverbild: Katharina Lindner
Lektorat & Korrektorat: Matthias Hoffmann

EINS

Meine Wünsche waren hinterlistige Lügner. Sie lockten mich mit ihrer unwiderstehlichen Strahlkraft und ließen mich glauben, es würde genügen, wenn sie sich nur erfüllen, auf die ein oder andere Art. Aber ein erfüllter Wunsch konnte trügerisch sein, er konnte ein Zuhause versprechen und sich dann als ein Ort des Schreckens entpuppen.

Ein Wunsch war wie ein zerfallenes Haus: windschief, marode und mit zugigen Ecken. Niemand wohnte mehr darin, außer den Ratten in den düsteren Ecken. Ich vergaß, was ich dort tun wollte, als das Haus noch behaglich und schön gewesen war. Ich erinnerte mich erst wieder daran, als die Tapete in Fetzen von den Wänden hing und der Wind durch das morsche Gebälk sein Klagelied schickte. Aber da war es zu spät.

Verbringen wir nicht allzu viel Zeit damit, uns die Gestaltung unseres Daseins in den wunderbarsten Farben auszumalen und vergessen dabei, dass die Umsetzung eigentlich harte Arbeit bedeutet? Schauen wir nicht lieber nachdenklich aus dem Fenster, ohne aktiv zu werden, weil jede Bewegung unsere Kräfte zu übersteigen scheint?

Ich war da keine Ausnahme. Jede Bewegung erschien mir kaum schaffbar, sodass ich viele von ihnen gar nicht mehr versuchte. Und kein noch so schöner Traum konnte mir zurückgeben, was ich verloren hatte. Deshalb verließ ich das Haus meiner Träume, ohne zurückzublicken. Es spielte keine Rolle mehr, dass ich ohne schützende Mauern und ein Dach über meiner verletzten Seele in der Kälte der Nacht erfrieren würde.

In jenem Herbst verbrachte ich viel Zeit damit, auf Bäume oder gerodete Felder zu blicken und mich in der Sicherheit des rastlosen Nichtstuns auszustrecken. Ich spazierte durch nebelverhangene einsame Gegenden, um dem eisigen Frostgriff meines Zuhauses zu entgehen, und lief jeden Tag ein Stückchen weiter. Drei Kilometer, vier, schließlich sieben und zehn. Ohne es zu merken, erweiterte ich systematisch meinen Radius und erkundete neue Gegenden, die mir viel interessanter erschienen als mein Alltag.

Das Wetter machte mir nichts aus: Ob es regnete, stürmte oder mir die vertrockneten Blätter um den Kopf stoben – Ich blieb auf meiner Linie und die lautete: *Lauf weiter.* Ich musste laufen, um nicht zu sterben, denn ein Fuß vor den anderen zu setzen war das einzige, zu dem ich noch zuverlässig in der Lage war. Ohne die Bewegung wäre meine letzte Verbindung zum Lebendigsein abgerissen und ich wäre wie ein Zombie mit einem Pfeil im Kopf in einer trostlosen Ecke meines Daseins zusammengebrochen.

Es war ein Donnerstagnachmittag, als ich Wilhelm in seinem Palast traf. *Palast* nannte er später einmal sein Domizil, obwohl es natürlich keiner war, sondern eher eine baufällige Scheune, in der sich Unrat türmte und durch deren kaputte Tür der Wind pfiff. Aber wenn der Schuppen auch kein Palast war, so stand er doch immerhin auf dem Gelände eines alten Jagdschlosses, das inzwischen nicht mehr als eine traurige Ruine darstellte. Seit Jahren geschlossen und im Inneren der Öffentlichkeit nicht mehr zugänglich, trotzte das Anwesen, versteckt in einer kleinen Senke gelegen, der Zeit. Ebenso, wie Wilhelm selbst es tat.

Ich war lange durch den Wald marschiert und hatte mich darüber gefreut, dass mir langsam die Puste ausging, denn der Weg führte mich stetig bergauf und dann wieder bergab. Rote Wangen und ein rasch klopfendes Herz bedeuteten einen Moment der Ruhe im Geiste und das war genau das, was ich ersehnte.

Obwohl ich seit Jahr und Tag in der Stadt auf der anderen Seite des Berges lebte, war ich sehr lang nicht mehr hier gewesen, vermutlich zwanzig

Jahre oder mehr. Genauso lang schien das Anwesen auch leer zu stehen. Ich brauchte einen Augenblick, um durchzuatmen, und sah mich erstaunt um, weil dieser Ort, den ich so viele Jahre nicht besucht hatte, eine schaurige Schönheit ausstrahlte. Auf seine ganz eigene Weise war er ebenso kaputt, wie ich mich an den meisten Tagen fühlte, doch hinter seiner blätternden Fassade verbarg sich eine erinnerte Schönheit, die durch das zerfallene Mauerwerk, die zerschlagenen Fenster und das wuchernde Unkraut auf dem Boden schimmerte.

Die Straße lag ein Stück entfernt, die Gegend war, bis auf ein paar in der Ferne grasende Kühe, wie ausgestorben. Mir wurde bewusst, dass ich allein hier war und während mich dieser Gedanke oft in Panik versetzte, ließ er diesmal meinen rasenden Puls langsamer werden. Der Ort und ich – beide versehrt und voller Mängel – trafen und erkannten einander und ich wusste sofort: *Hier bin ich nicht zum letzten Mal gewesen.* Erstaunlich und auch schade, dass ich ihn erst heute entdecke, wo er doch anscheinend auf mich gewartet hatte.

Den Kopf in den Nacken gelegt, die Hände in den Taschen, lief ich herum wie ein interessierter Tourist, der eine besonders berühmte Sehenswürdigkeit zu erkunden versucht. Hier und da entschlüpfte mir ein leises *Oh*, ein Seufzen nur, mühsam herausgequetscht durch meine Stimme, die laut zu reden nicht mehr gewohnt zu sein schien.

Um ein von Gras bewachsenes Freigelände herum gruppierte sich eine Handvoll zu einem U ausgerichteten Wirtschafts- und Lagergebäude aus Stein, die breite Holztore zierten, natürlich alle verriegelt und vernagelt. Gelber Putz aus Sandstein bröckelte von den Wänden, die noch wenigen vorhandenen Fenster waren schmierig von Dreck. An der Frontseite, die der breiten Einfahrt gegenüberlag, erhob sich eine kleine Kapelle, einstmals weiß getüncht, heute grau von Staub und Verwitterung. Zumindest hielt ich das Gebäude für eine Kapelle, denn es hatte einen kleinen Kirchturm, den eine Glocke, eine rotblaue Uhr mit goldenen Zeigern, eine hübsch geformte Kuppel und darauf ein ehemals goldenes Emblem zierte, von dem ich nicht erkennen konnte, was es darstellte.

Ich ging um die Gebäude herum und an einer üppigen Buche vorbei, unter deren Krone sich gewiss eine Bank hübsch gemacht hätte. Weitere Gebäude erstreckten sich zu meiner Rechten, links die leicht hügelige Weidefläche, in der Ferne ein Elektrozaun. Irgendwann hatte mal jemand

Parkplätze hier angelegt, also mussten die Häuser in der Vergangenheit noch genutzt worden sein, doch jetzt lagen sie verlassen da und die auf den Stein gesprühte Farbmarkierungen waren so verblasst, dass man sie kaum noch erkennen konnte. An einem der Gebäude befand sich ein zugeklebter Briefkasten und nahe dem Eingang hatten die verantwortlichen Behörden ein paar Hinweistafeln angebracht, die vermutlich die paar wenigen bekannten Fakten zum Anwesen mitteilten.

Ich trug meinen wehenden roten Schal an den Wänden vorbei und über die großzügigen freien Flächen, spähte in blinde Fenster und spinnwebenverhangene Ecken. Etwas weiter entfernt konnte ich ein paar Baracken und drei, vier große Gebäude ausmachen, die der Bauweise nach zu urteilen in den Fünfzigern entstanden sein mussten.

Der nostalgische Charme kroch mir in die Glieder und ließ mich frösteln, als hätte mir jemand meinen Umhang entrissen, als würde sich etwas entfalten, das besser verborgen blieb.

Schließlich, noch ein Stück weiter entfernt und ebenfalls auf einem kleinen Berg thronend: Das sicher einstmals prunkvolle Hauptgebäude: Ein aus zwei Teilen – eins schäbig und alt, eins weiß getüncht und renoviert – bestehendes Schlösschen, das seltsam alt und neu zugleich wirkte. Die beiden Häuser waren durch einen Bogengang miteinander verbunden. Dem zweigeteilten Hauptgebäude schlossen sich weitere Gebäude an. Schlichte, vergleichsweise kleine Bauten, die kein bisschen nach einer Schlossanlage aussahen, aber doch eine fast edle Aura ausstrahlten, vielleicht, weil sie lange Jahrhunderte der Geschichte überdauert hatten. Die meisten davon aus demselben gelben Sandstein, der einmal fröhlich und stolz ausgesehen haben musste, nun aber jeden Glanz vermissen ließ. Einige waren notdürftig renoviert, weshalb ich mir zumindest ansatzweise vorstellen konnte, wie sie früher einmal ausgesehen haben mochten. An diesem Ort passte nichts zusammen: Er war schäbig und wunderschön im selben Moment. Mein Herz machte einen ungewohnt freudigen Hüpfer: Ich hatte einen *Lost Place* entdeckt, der faszinierende Geschichte in seinem Inneren verbarg, doch nach außen vor sich hin moderte.

Dieser Ort war wie ich! Eine unattraktive Hülle, hinter der sich eine Substanz verbarg, die kaum in Zügen zu erahnen war und doch existieren musste! Denn immerhin waren wir ja noch hier, dieses Schloss mit seinem guten Dutzend schäbiger „Prachtbauten" und ich! Irgendeinen Zweck musste unser Dasein demzufolge noch erfüllen –

oder hatte es einst getan. Es galt, sich an diesen zu erinnern!

Ich wandte mich ab und lief weiter, um alles zu erkunden, hielt aber plötzlich inne. Auch, wenn alles verlassen schien, vielleicht waren dort doch Menschen? An der Schlossfassade wurden Bauarbeiten durchgeführt, wie schweres Gerät und Baumaterial bewiesen. Was, wenn dort Bauarbeiter herumliefen? Oder die Besitzer dieses vernachlässigten Schätzchens? Unsicher drehte ich mich wieder herum und schob die Hände tiefer in die Jackentaschen. Es hatte auch zu regnen begonnen und die grauen Regenwolken ließen den Tag früher verschwinden, als zu wünschen war. Es würde nicht mehr lang dauern, bis die Sonne unterging.

Unentschlossen stieß ich mit dem Schuh ein Steinchen zur Seite. Die Spitzen waren staubig, die Sohlen schlammig. Meine ganze Erscheinung war nicht besonders ansprechend, denn ich machte mich nicht besonders zurecht, wenn ich auf meine Ausflüge ging. Bewusst suchte ich Gegenden auf, in denen ich keine Gesellschaft erwartete und auch selten welche bekam. Würde das hier genauso sein? Sollte ich lieber verschwinden? Oder morgen wiederkommen? Andererseits war, falls wirklich Renovierungsarbeiten durchgeführt wurden, der Abend die beste Zeit, um ungesehen durch das Gelände zu schlendern, denn die Baumaschinen standen still. Die Arbeiter saßen wohl längst bei ihren Familien am Abendbrottisch und verschwendeten keinen Gedanken mehr an den melancholischen kleinen Ort, dem sie am Tage ihre Muskelkraft widmeten. *Ich* sollte das auch tun, beim Abendessen sitzen und meinen Mann von seinem Tag erzählen lassen, aber ich wollte einfach nicht nach Hause.

Ein Geräusch riss mich aus meinen trüben Gedanken. Schritte, ein Schlurfen, als ob jemand das Bein nachzog. Ein stämmiger, doch gebeugter Mann tauchte am Rand des Weges auf, der von den Pavillons zu den Scheunen mit der Kapelle führte.

Er würdigte mich keines Blickes und lief einfach an mir vorbei, ein paar Latten von der Baustelle unter dem Arm. Seine Kleidung war alt und abgetragen, schien aber einigermaßen sauber zu sein, in seinem Gesicht prangte ein zotteliger Bart und darüber strähniges Haar, das ihm bis in die Augen hing. Er hätte grüßen können oder etwas so Nichtssagendes von sich geben können, wie: *Schön hier, nicht wahr?* Dann hätte ich genickt und geantwortet: *Ja, und so einsam.* Er hätte mich auch erschrecken oder davonjagen können, oder zumindest nachhaken, was ich hier tat. Zwar war das Betreten nicht verboten, immerhin gab es ja sogar Schilder, die über die Geschichte informierten, und der weitläufige Park lud eindeutig zum Verweilen ein. Doch eine Frau mit vielleicht wirrem Blick, die Hände verkrampft in die Taschen geschoben, die Augen verklärt zwischen allen Himmelsrichtungen hin und her werfend, mochte auf einen Fremden durchaus irritierend wirken.

Doch der Mann tat nichts davon. Er ignorierte mich, als sei ich ein Gespenst, das nur Eingeweihte wahrnahmen, und ging seiner Wege.

Nun war ich neugierig geworden. Was tat ER wohl hier? Er entsprach dem klassischen Klischee eines Penners, es fehlte nur die Flasche billigen Rotweins unter dem Arm. Hatte er sich hier häuslich niedergelassen, um bei dem ständig wiederkehrenden Nieseln ein Dach über dem Kopf zu haben? Für verlassene Orte war das nicht ungewöhnlich, im Gegenteil. Es war sogar sehr wahrscheinlich, dass irgendwann ein Tippelbruder die Verlassenheit des Ortes und die soliden Steinmauern entdeckte. Die Schlösser an den Scheunentüren waren leicht aufzubrechen und das Innere der verlassenen Häuser versprach ein Obdach und Schutz vor dem Wetter. Vermutlich gab es noch mehr von denen, die sich nach

Sonnenuntergang um ein Feuer im Innenhof scharten und die am Tage erbettelten Würstchen in die Flammen hielten, bis sie schwarz waren und vor Fett trieften. Noch ungewöhnlicher war, dass sich zwar überall Anzeichen des Verfalls befanden, doch nirgendwo welche von Vandalismus und Zerstörung. So gefährlich konnte der Fremde demnach nicht sein. Ich brauchte nicht viel Mut zusammenzunehmen, denn ich bewies genug davon, indem ich jeden Tag tapfer in meinen ungeliebten Alltag startete. Das bisschen, was ich brauchte, kratzte ich also zusammen und folgte dem Typen, fest entschlossen, ihn anzusprechen, und nach seinen Lebensumständen zu fragen.

Warum ich das tat? Ich weiß es nicht. Vermutlich, weil es mich von den ewiggleichen, kreisenden und quälenden Gedanken in meinem Kopf für einen Moment ablenkte. Womöglich erhoffte ich mir auch unbewusst, er nähme mich als Bedrohung war, und würde in einer impulsiven Reaktion aus einer Ecke springen und so lange meine Kehle zudrücken, bis alles Leben aus mir herausgeflossen war. Dann musste ich es wenigstens nicht selbst tun. Zum Leben reichte mein Mut gerade noch aus, zum Sterben war ich zum damaligen Zeitpunkt zu feige. Oder zu erschöpft. Ich konnte weder den Willensakt noch die Tat selbst bewältigen. Ich konnte nur weiter atmen und laufen.

In einigem Abstand folgte ich dem Penner und sah, wie er mit einem Schlüssel das Schloss an einer der Türen entriegelte. Hatte er es selbst dort angebracht? Oder eine Genehmigung des Eigentümers erhalten? Seltsam, das war wirklich seltsam. Er ließ die Tür offen, als er hereinging, als wolle er mich einladen. Ich wartete einen Augenblick, bevor ich an ein Fenster herantrat und dicht an die dreckige Scheibe heranging. Spinnweben verfingen sich in meinem Haar, das schmutzige Glas unter meinen Händen, mit denen ich das Licht abschirmte, fühlte sich klebrig und rau an. *Schäm dich, Clara. Spionierst einem alten Mann hinterher, der vermutlich nicht mal etwas zu essen für heute Abend hat!* Im dämmrigen Gebäude kauerte der Alte nun auf dem mit Steinbrocken und Staub übersäten Betonfußboden. In einer Ecke sein Schlafsack, ordentlich zusammengelegt. Daneben ein Campingkocher, ein Topf, eine Thermoskanne. Ein olivgrüner Rucksack, wie ihn Weltreisende zu tragen pflegen. Am Fenstergriff baumelte ein kariertes Männerhemd und ich musste lächeln über das Klischee. Eine längst vergessene Regung, mit der meine Mundwinkel ihre

Schwierigkeiten hatten, weil sie sich so ungewohnt anfühlte. Er hatte es sich mit seinen bescheidenen Mitteln gemütlich gemacht. Es fehlten nur noch ein Waschkrug, ein Stück Kernseife und ein verwaschenes Frotteehandtuch.

Kurz blitzte ein Bild von mir und Marcel auf, wie wir allabendlich vor dem schwarzen Loch hockten, das er Fernseher nannte, die weichen Sofapolster unter den Hintern, die Füße von der Fußbodenheizung und dem Teppich gewärmt. Mich überkam Scham. Ich, die doch so viel hatte, jammerte in einer Tour und klagte dem Himmel mein ewiges Elend. Er, der im Vergleich zu mir doch kaum etwas besaß, machte das Beste aus seiner Lage. Er pfiff sogar ein Liedchen, ich konnte es durch die dünnen Scheiben hören. Noch immer nahm er keine Notiz von mir, obwohl er doch gesehen haben musste, dass ich am Fenster stand und ihn begaffte, als sei er ein besonders exotisches Zootier.

Auf einmal überschwemmte mich der Wunsch, ihm zu helfen. Freilich standen mir auch nur bescheidene Mittel für den Augenblick zur Verfügung, denn ich lief ohne Tasche oder sonstige Dinge los, die ich ja doch nur hätte tragen müssen. Aber ich fand beim Kramen in meinen Taschen neben einer Brille, die ich nie trug und ein paar

Krümeln auch noch einen Zwanzigeuroschein und mein Frühstück, das ich am Vormittag nicht gegessen hatte. Zwei in Papier eingewickelte Käsebrote und etwas Geld, das mochte für den Moment genügen.

Als ich mich endlich hinein traute, hatte er bereits einen Tee zubereitet, der aromatische Schwaden aus der zerbeulten Thermoskanne aufsteigen ließ. Er war dabei, die von der Baustelle geklauten Latten mit Nägeln zu verbinden, die er mit einem Ziegelstein hineinschlug. Es gelang nur mäßig, doch ich hörte ihn nicht schimpfen oder fluchen. Er pfiff weiter sein Lied und in der Kanne dampfte der Tee, der ihm die von Wind und Regen feuchten Glieder wärmen sollte.

Ich mochte nichts sagen, weil er auch nicht sprach. Sollte er mich für stumm halten, ich würde ihn sowieso nicht wiedersehen. Menschen ohne festen Wohnsitz zogen in der Regel weiter und vielleicht war auch *ich* es, die nicht mehr an diesen Ort zurückkehren würde. Ich hatte ein Leben da draußen! Eine kümmerliche kleine Missgeburt, aber immerhin einen Hauch von Leben, zusammengehalten von Routinen, sinnentleerten Ritualen und innerlicher Erstarrung. Diese Lebenszeit, so unbedeutend sie auch war, konnte ich nicht auf einem Steinboden mit einem hoffnungslos vergnügten Penner verschwenden.

Der Unbekannte, er war vielleicht Mitte bis Ende sechzig, nickte wie selbstverständlich, als ich Geld und Essen zu ihm herüberschob. In mir stieg trotzdem erneut Scham auf, die meine Wangen erröten ließ: Der Schein war okay, das Brot war es nicht. Marcels Stimme in meinem Kopf, umrahmt von heiserem Gelächter: *Clara, du Dummerchen, wie kannst du dem Mann deinen angenagten Mittagssnack anbieten?* Diese Mischung aus kopfschüttelndem Missfallen und großzügigem Darüberhinwegsehen – wie ich es *hasste*!

„Ich hab noch nicht reingebissen", sagte ich entschuldigend und drängte die Scham, die mich an Marcels ständige Geringschätzung erinnerte, beiseite. Es war ein sauberes, unangetastetes Brot, am Morgen frisch belegt! Kein Grund, mich schlecht zu fühlen! Dazu meine letzten zwanzig Euro für diesen Monat, der allerdings auch nur noch zwei Tage dauern würde. Dies war der erste Satz, der zwischen uns fiel und an jenem Tag würde er auch der einzige bleiben.

Trotzdem trieb mich die Stimmung in der Ruine nicht zum Aufbruch. Der Fremde aß das Brot und reichte mir ein Stück, doch ich schüttelte den Kopf. Von dem Tee, den er mit mir teilte, nahm ich gern. Er schmeckte säuerlich und fruchtig und es war mir egal, dass man nicht gemeinsam aus einer Tasse trinken sollte, schon gar nicht mit einem Fremden. Gefühlt war er mir nicht mehr fremd, er wirkte sogar vertrauter und zugänglicher als der Mann, mit dem ich seit vierzehn Jahren verheiratet war.

Der Mann baute aus den Latten ein wackliges Regal, auf dem er eine Handvoll Bücher platzierte, die er aus seinem Rucksack holte. Abgegriffene Exemplare mit Flecken und Eselsohren. Sie waren wohl hundertmal gelesen worden.

Bücher! Diese liebevollen, immer geduldigen Gesellen, die zuverlässig in eine fremde Welt entführten und damit der Seele eine Verschnaufpause verschafften, wenn es nötig war! Bücher, die einst mehr zu meiner Identität gehört hatten als jeder Arm oder jedes Bein! Bücher, die Zentrum und Fixstern meines Lebens gebildet hatten! Der Anblick schmerzte mich.

Mir imponierte, mit welcher Sorgfalt und Präzision Wilhelm sein improvisiertes Regal aufbaute und seinen kümmerlichen Besitz einsortierte, als sei nur diese einzige Tätigkeit auf der Welt bedeutsam. Ich beobachtete ihn immer wieder verstohlen. Faltige, feingliedrige Hände mit schmutzigen Nägeln. Kluge, klare Augen in tiefen

Höhlen, umgeben von einem feinen Gespinst aus zarten Furchen. Der Mantelkragen hochgeschlagen zum Schutz vor der Kälte, die spürbar ins Zimmer und uns in die Körper kroch. So viel Leid und Elend in diesem Gesicht, Mensch gewordener Kummer hinter einem unbeschwerten, optimistischen Lächeln, das für mich doch den Raum erhellte. Manchmal, so heißt es doch, begegnen uns Engel, die alles ändern, und auch, wenn das kitschig klingt und ein Engel sicher nicht in Gestalt eines abgehalfterten Obdachlosen auftaucht, so wollte ich doch an diese kindliche alte Illusion glauben, mich ihr hingeben und ganz in sie eintauchen. Sie eröffnete mir, was ich kaum geahnt hatte: Dass es noch etwas anderes gab neben der Welt, die ich kannte. Und dass ich selbst im Kern immer noch da war, auch, wenn es mir nicht gelang, die Bruchteile, aus denen ich bestand, wieder zu einem Bild zusammenzusetzen.

Wir waren aus der Zeit gefallen, vielleicht sogar aus der Welt, Wilhelm und ich.

Ich hätte ewig dort sitzenbleiben mögen. Doch irgendwann erhob ich mich und die Hand zum Gruß, mit einem Blick versichernd, dass ich wiederkommen würde. Ich musste nach Hause, Marcel würde schon längst auf mich warten und erbost darüber sein, dass ich mich noch nicht um das Abendessen gekümmert hatte. Auch Brot würde ich keins mitbringen, denn dafür waren eigentlich die zwanzig Euro vorgesehen gewesen, die ich ja nun verschenkt hatte. Das Frühstück am nächsten Morgen würde aus Salami auf Knäckebrot bestehen, irgendwo hatte ich noch eine Packung im Küchenschrank. Vielleicht ein paar Apfelstücke dazu und ein Salatblatt, das im Kühlschrank vor sich hinwelkte. Marcel würde trotzdem merken, dass ich das Geld verloren hatte, wie ihm kaum etwas entging, was ich tat. Er würde das Gesicht verziehen und mir etwas zu grob das Haar zausen: *Hast du schon wieder Geld verloren, Kleines? Bist wieder schlafend mit offenen Augen durch den Traum gerannt, den du Leben nennst und bringst meine hart erarbeitete Kohle durch, weil, du einfach nicht aufpassen kannst? Zerstreutes Mäuschen!* Sollte er doch!

Ich konnte warten, bis er schlief und dann auf Zehenspitzen in den Keller tappen, wo in einem staubigen Regal in der hintersten Ecke meine Lieblingsbücher standen und sich hoffentlich erfolgreich gegen Nässe, Schimmel und Vernachlässigung wehrten. Ich würde eins aus dem Stapel ziehen, über den Einband streichen, die Seiten aufschlagen. Vielleicht war ich von der geheimnisvollen Krankheit, die mich meine Lesefähigkeit gekostet hatte, wie durch ein Wunder genesen und konnte mehr mit dem Buch anfangen, als seine Buchstaben zu Worten ohne Bedeutung aneinanderzureihen?

Sie fehlten mir, die Bilder in meinem Kopf, ohne die es ganz dunkel und kalt war. Die Erzählerstimme wieder zu vernehmen und eine Geschichte durch mich hindurchgleiten zu lassen, wo sie Spuren hinterließ – wie schön würde es sein! Ich verdankte es Wilhelm, mich an diese Idee zu erinnern, einmal wieder im Keller nach den Büchern zu schauen. Ich musste sie ja nicht lesen, was mir sowieso nicht gelang. Ich konnte sie auch fürs Erste einfach nur betrachten. Anschauen, berühren, ihren Geruch aufnehmen. Vielleicht würde ich mir einen Tee kochen und mich auf dem Sofa unter eine Decke verkrümeln wie damals, als das Lesen meine zweite Natur gewesen war. Die Decke ließ mich daran denken. Jene Decke auf dem Dachboden, die ich meinem interessanten Gegenüber wohl morgen mitbringen konnte, ohne aufzufallen, weil *Marcel* nicht mehr an sie dachte. Sie stammte aus meinem alten Kinderzimmer und war nicht gut genug gewesen, um den Gästen gezeigt zu werden, deshalb hatte er sie auf den Dachboden verbannt. Streng genommen war es aber ja auch *meine* Decke, nicht *unsere*. Der

Gedanke, dass es etwas gab, das nur mir gehörte, war neu und auf eine fast erhebende Art rebellisch. Im Kopf machte ich mir eine Notiz: *Decke mitbringen. Wilhelm nach Lieblingsbüchern fragen. Auf dem Steinboden sitzen, den Rücken an der Wand, der Fremde neben mir. Schweigen, am Tee nippen, nur spüren, dass da jemand ist.* Ein Gefühl von Frieden verspüren, das mir abhandengekommen war wie das Geld, die Gewissheit: *Es ist gut, wie es ist.* Den eigenen Kummer wie einen reißenden Sturzbach durch die Eingeweide stürzen hören, aber nicht mehr wie ein weltumspannendes Meer, das keinen Ort zu Lande von den Fluten verschone! Das konnte eine erhebliche Verbesserung sein.

Es gab wieder etwas, worauf ich mich freuen konnte, und wenn es nur ein Penner in einem Abrisshaus irgendwo in der Einöde war.

ZWEI

Natürlich hieß er nicht Wilhelm. Ich wusste nicht, wie er hieß, und hatte ihn so genannt, weil der Ort, an dem er sich eingerichtet hatte, einst einem *Wilhelm* gehört hatte, wie mir die Anzeigentafeln verraten hatten. Ein gespenstischer Ort, umgeben von den sanften Bergen eines Mittelgebirgswaldes, sattgrünen Bäumen und einer Vielzahl von Vögeln, die darin nisteten. Sattgrün waren die Blätter zu jener Zeit nicht mehr, sie erstrahlten in herbstlichen Gelb-, Orange- und Rottönen, deren Anblick mich früher unternehmungslustig und fröhlich hatte werden lassen. Man konnte Kastanien, Bucheckern und Eicheln sammeln und etwas Schönes daraus basteln. Ich dachte manchmal daran, wenn ich die Früchte auf dem Boden sah, aber ich bückte mich nie danach. Sie trieben mir hysterisches Gelächter in die Kehle, das sich als Platzhalter für die erstarrten Tränen erwies, von denen ich nicht mehr wusste, wie man sie weint.

Leider steckten meine Tage voller Pflichten, die zunächst zu erledigen waren, bevor ich mich dem Müßiggang des Promenierens hingeben konnte. Sie liefen immer gleich ab und zeigten kaum eine Variation, über die ich hätte stolpern können. Wie eine aufgezogene Spieluhr präsentierte ich mein leidlich melodisches Tagwerklied: Aufstehen, Dienen, Arbeiten, Dienen, Schlafen. Zwischendurch einen Happen essen. Körperhygiene und Hausputz. Oberflächliche Kontakte mit Menschen, die mir nicht nahestanden und deren auf den Lippen festgetackertes Grinsen mir auf die Nerven ging. Gekonntes Ausweichen heikler Fragen, die dann und wann mal aufkamen, Nicken und Lächeln, Abwenden und Wegsehen. Die stumme Zuverlässigkeit erstarrter Gefühle, welche keine Regung zum Leben erweckten.

Wann immer ich atmete, diente ich: meinem Mann, meinem Chef, unseren Gästen, die unser hochwertiges Geschirr und die luxuriöse Soundanlage bestaunten, während sie die von mir zubereiteten Häppchen verschlangen und die Weinvorräte plünderten. Sie gehörten ausnahmslos zum Freundeskreis meines Mannes.

Wilhelm war eine Abwechslung in dieser immer gleichen Routine, weil er meine Botschaft war: *Die Dinge sind, wie sie eben sind.* Er sperrte Erwartungen und Forderungen aus, sobald er mich nach meinem zaghaften Klopfen eingelassen und nach uns die Tür geschlossen hatte.

Es wehte ein schneidender Wind, der allerhand mysteriöse Klapper- und Summgeräusche um uns herum auslöste und ich war froh, dem geschäftigen Treiben meiner Umwelt, der ich nur zum Schein angehörte, zu entkommen.

In Wilhelms Regal stand ein Wecker von der altmodischen Art, doch diese Uhr lief nicht. Er hatte sie wohl nicht aufgezogen. *Die Zeit*, sagte ich mir, *verläuft hier also nicht langsamer, sondern sie verläuft überhaupt nicht mehr. Vielleicht hört sie damit auf, bis du endlich deinen Kummer, der in deinem Hals feststeckt, durchgekaut und heruntergeschluckt hast. Vielleicht stiehlt sie dir eine Gelegenheit, dich selbst wiederzufinden, egal, wie lange du dafür brauchst.*

Ich reichte Wilhelm die Decke und nahm ihm gegenüber Platz, wo er mir bereits ein Kissen auf den Boden gelegt hatte. Er hatte also mit mir gerechnet, mich womöglich sogar erwartet. Ich lächelte das erste ehrliche Lächeln des Tages und spürte, wie meine Mundwinkel die Anspannung losließen, unter der sie seit den frühen Morgenstunden litten, kaum, dass ich das Bett verlassen hatte. Ich betrachtete meine Hände, die voller Deckenfusseln waren und die heute schon so viel getan hatten: die Betten aufgeschüttelt, das Waschbecken ausgewischt, die Gardinen aufgezogen, den Hosenknopf geschlossen. Akten sortiert, Listen getippt, Stempel auf Papiere gedruckt. Nur Marcels frisch rasiertes Gesicht hatten sie nicht gestreichelt, denn ich scheute seine Nähe und ging ihm aus dem Weg, wann immer das unverdächtig möglich war. Ich berührte ihn nicht mehr und wenn er mich berührte, was immer noch oft geschah, dann zogen sich meine Schultern nach oben und nach vorn und meine Finger begannen zu zittern, bis ich sie mit Müh und Not wieder unter Kontrolle brachte.

Hier zitterte nichts. Mein Ich streckte sich behaglich auf dem Boden aus, meine Nase begrüßte erfreut den vertrauten Duft des fruchtigen Tees, meine Füße hatten Lust, aus den Schuhen zu schlüpfen, als sei ich gerade nach Hause gekommen. Aber der Boden war eisig und mein Gefährte steckte in mehreren Schichten Kleidung. Im Gegensatz zu mir hatte er den Tag nicht in einem geheizten Büro verbracht und sich mit einer heißen Dusche aufgewärmt, bevor er sich entscheiden konnte, noch einen Spaziergang im ungemütlichen Freien zu unternehmen. Im Gegensatz zu mir war er aber auch nicht gezwungen, zwischen Small Talk (mit den Kollegen) und Problemgesprächen (mit Marcel, zumeist über meine Verfehlungen und Unzulänglichkeiten) auch noch unzählige Aufgaben zu erledigen, die gleichermaßen hochbrisant wie lächerlich unbedeutend waren.

„Da bist du ja." Wilhelm hatte sich entschieden, heute mit mir zu sprechen. Er sagte den Satz weder freudig noch überrascht, sondern in einem Ton, in dem man etwa einen Einkaufszettel vorlesen würde. *Da bist du ja. Vergiss die Milch nicht. Suppenfleisch ist heute im Angebot.*

„Ja", gab ich zurück und dann fiel mir nichts mehr ein, obwohl mir am Vormittag noch unzählige Fragen durch den Kopf gegangen waren, während ich am Kopierer gestanden und Papiere zusammengeheftet hatte. Es war aber auch nicht nötig. Überflüssige Worte sind Umweltverschmutzung und diese Welt war dreckig genug.

Wilhelm hatte mir eine eigene Tasse besorgt und ich ließ den Teebeutel darin baumeln, bis ich sie ausgetrunken hatte. Sie hatte ein ausgeblichenes Blumenmuster und einen kleinen Sprung, den man im düsteren Licht kaum sah. Sie ähnelte den Tassen, die meine Großeltern einst genutzt hatten, und erinnerte mich an meine Kindheit. Komisch, dass diese Kindheit wirkte wie etwas, das nicht zu mir gehörte. Ich wusste, dass es sie gegeben haben musste und logischerweise hatte ich sie leibhaftig erlebt, aber die Erinnerungen empfand ich als fremd und fern. Geschichten, die ich mal flüchtig irgendwo gelesen hatte und die mich nicht mehr berührten.

Kerzen, schrieb ich auf meine imaginäre Liste. *Und Handschuhe! Spätestens, wenn der Winter kommt. Wilhelm muss es doch warm haben.*

„Ich hab sie im Gebrauchtwarenladen in der Innenstadt besorgt", sagte Wilhelm und wies auf die Tasse. „Von dem Geld, das du mir gabst. Das Kissen auch, damit du es weich hast." *Gebrauchtwarenladen ... gabst ...* Er drückte sich eigentümlich aus. Hießen die Dinger nicht längst Secondhandshops? Und wer benutzte noch das Präteritum, abgesehen von einigen unverbesserlich traditionellen Belletristik-Autoren, die sich mit dem neumodischen und unmittelbaren Präsens in einer Geschichte nicht anfreunden konnten?

Ich dachte wieder an meine Bücher, traute mich aber nicht, nach seinen zu fragen. Wie geplant hatte ich sie in der Nacht hervorgekramt und einen Blick hineingewagt, doch nach dem fünften entmutigt aufgegeben: Was darin stand, sagte mir nichts. Es war, als seien sie in einer fremdartigen Sprache verfasst, die ich nicht verstand, dabei waren sie doch alle auf Deutsch und selbst Englisch und Französisch hätte ich lesen können! Zumindest früher. Vor dieser Zeit, in der ich in die Höllengluten hinabgestiegen war.

„Du warst in der Stadt?", fragte ich, um mich abzulenken, und auch, weil sein Mitgefühl mich gleichermaßen erfreute wie es mich peinlich berührte. Es wunderte mich tatsächlich, ich hatte immer gedacht, Obdachlose seien Einsiedler, die Menschen und Massen mieden. Mir fiel ein, dass er sich seinen Lebensunterhalt verdienen musste, ebenso wie ich. Ob man dafür einen Kopierer nutzte, der nur Müll produzierte und eine E-Mail verfasste, die eigentlich niemand lesen wollte, oder mit einem Becher in der Fußgängerzone saß, unterschied sich nur in Nuancen.

„Ich hatte einiges zu erledigen", sagte Wilhelm und wies mit der Hand unbestimmt in den Raum. „Behördlich", schob er nach. Ich traute mich nicht, nachzuhaken, und lobte den Geschmack des Tees. *Zucker* kam auf meine Liste, der würde in der kalten Jahreszeit Energie geben. Wilhelm hatte kaum Reserven. Er schien zwar kräftig zu sein, doch seine Kleidung war es, die diesen Anschein erweckte, wie ich beim näheren Hinsehen entdeckte. Er hatte ein schmales, fast hageres Gesicht und erschreckend dünne Handgelenke. In mir stieg eine eigenartige Mischung aus Mitgefühl und Neid auf. Mitgefühl, weil seine Lage offensichtlich war und niemand so hätte hausen sollen, wo es doch an allem Lebensnotwendigen fehlte. Und Neid, weil er niemandem Rede und Antwort stehen musste. Mir fiel selbst die nostalgische

Verklärung meines Urteils auf, doch ich weigerte mich, nur die Nachteile seiner Situation zu sehen. Zumindest, bis er hier vertrieben wurde, war er in weiten Teilen freier als ich. Eine Welt, der man nicht angehörte, gab einem auch keine Regeln vor, die zu befolgen waren.

„Du siehst traurig aus", sagte Wilhelm und rührte mit einem verbogenen Löffel in seiner Tasse, obwohl er keinen Zucker hineingegeben hatte. Er besaß ja keinen. Die Macht der Gewohnheit vielleicht. Bestimmt hatte er früher, in der Wärme einer voll ausgestatteten Küche, Zucker in seinen Tee geschüttet. In einem weichen Bett geschlafen, geduscht, wann immer er Lust darauf hatte. Irgendwas musste geschehen sein, um ihm diese Selbstverständlichkeiten zu nehmen. Was war es gewesen?

Und was sollte ich darauf antworten? Zustimmen und den Grund erklären? Der blieb mir ja selbst im Dunst meiner Ängste verborgen, wo ich ihn kaum je ausgiebig betrachten musste. Es abstreiten, wo es doch offensichtlich war und seine Beobachtungsgabe beleidigt hätte? Ich entschied mich, es gar nicht zu kommentieren, um eine Grenze zu ziehen. *Bis hierher und nicht weiter.* Im Grenzenziehen war ich unglaublich schlecht. Und so blickte er mich auch unverwandt an, als ließe er nicht locker. Seine hellen Augen, die an das blaugrau schimmernde Gestein eines von Wellen umspülten Steinstrandes denken ließen, ruhten auf mir und waren nicht davon abzubringen. Der Blick war nicht unangenehm. Er fühlte sich an wie die sanfte Hand eines Vaters, der am Abend die Bettdecke über sein Kind breitet. Mit den stechenden Kontrollblicken von Marcel, die mit seinen Fragen: *Wo warst du? Und mit wem? Was hast du gemacht? Was hast du gedacht?* hatten sie nichts gemeinsam. Schließlich blickte Wilhelm wieder in seine Tasse und lehnte sich an die Wand, die kalt sein musste.

„Dieser Gebäudekomplex, in dem wir uns befinden, war der Marstall", erklärte er, als sei er ein Fremdenführer und ich eine wissbegierige Touristin. „Hier wurden Kutschen, Pferde und allerlei nützliches Zeug untergebracht. Er ist Anfang des achtzehnten Jahrhunderts entstanden."

„Ganz schön lang her." Ich strich über das Kissen, rot mit gelben Punkten. Stellte mir vor, wie Pferde hier standen und warme Luft aus ihren weichen Nüstern bliesen.

„Wusstest du, dass die Uhr in den Neunzigern am Uhrenturm genau fünf nach zwölf stehen geblieben ist?"

Also war das ein Uhrenturm, keine Kapelle! Ich wusste weder das Eine noch das Andere. Ich wusste gar nichts, wenn man es recht betrachtete, aber der Gedanke an diesen Zufall mit bedeutender Symbolik entlockte mir so etwas wie ein triumphales Lächeln. Es gab doch keine Zufälle und diese Uhr zeigte den Menschen gnadenlos ihre eigene Natur auf.

„Die Uhr war stehen geblieben und zeigte fünf nach zwölf, die ganze Zeit. Dadurch erst bemerkten die Leute, dass der Turm marode war und einzustürzen drohte. Buchstäblich in der letzten Sekunde wurde der Turm saniert und mit einer neuen Haube versehen und nur deswegen steht er noch. Oder vielmehr wieder." Wilhelm hatte sich eine Zigarette angezündet. Ein Relikt aus alten Filmen. Niemand, den ich kannte, rauchte. Er sog den Rauch tief in die Lunge und ich wartete darauf, dass er den obligatorischen Flachmann aus der Tasche zog. Aber der kam nicht. *Vielleicht sollte ich mir auch eine Uhr auf die Stirn malen, auf der die Zeiger fünf nach zwölf anzeigen,* dachte ich, halb bedrückt, halb belustigt. Vielleicht sanierte dann jemand meinen maroden Geist!

„Die Schloss- und Parkanlage wurde ab Ende des siebzehnten Jahrhunderts erbaut, zunächst als Jagdhaus und Sommersitz des Großherzogtums, später war sie Lazarett, Kriegsgefangenenlager und Kinderdorf. Sie hat eine lange Geschichte, so wie jeder von uns." Wilhelm pflückte sich einen Tabakkrümel von der Lippe. Ich nickte. Ja, ich hatte heute Morgen, als es im Job nichts zu tun gab, darüber gelesen. Mir die Bilder angesehen, sowohl die aktuellen Fotos als auch die historischen Gemälde. Bescheidener Prunk, barocke und klassizistische Gestaltung, die Klarheit der Struktur – all das gefiel auch mir daran.

Das waren Dinge, die ich für mich ersehnte: Glanz und Zauber, Klarheit und Ordnung, Einfachheit, hinter der ein ausgeklügelter Plan steht. In mir war nur Chaos, durch das ich watete wie ein Wattwanderer durch den Schlick. Das Sortieren von Gedanken fiel mir schwer und Gefühle konnte ich sachlich benennen, aber nicht empfinden. Ich kannte sie in der Theorie, doch mir blieb verborgen, was Emotionen in Hirn, Herz und Leib mit einem Menschen taten. Ich brachte nicht mehr zusammen, was ursprünglich einmal zusammengehört hatte.

Die mitten im Wald gelegene Schloss- und Parkanlage besteht aus über einem Dutzend Pavillons und Nebengebäuden, welche entlang einer Prachtstraße angeordnet sind. Sie stellt eine einmalige architektonische Kostbarkeit dar.

Ein Satz wie aus einem Reiseführer. Hatte ich ihn gedacht? Oder hatte Wilhelm ihn ausgesprochen? Es war ganz gleich. *Er* war *meine* Stimme in diesen Stunden und ich lauschte seinen Worten, die auch aus meiner eigenen Seele emporstiegen. Rauchkringel in der Luft. Blätterrauschen vor dem Fenster. Zwei Ratten hatten sich durch die nur angelehnte Tür ins Gebäude getraut und stibitzten einander einen Krümel Brot, den Wilhelm ihnen zuwarf. Mich schauderte. Man durfte doch die Ratten nicht hineinlassen und sogar anlocken! *Man durfte auch böse Gefühle nicht zulassen, denn sie fraßen einen auf wie Ratten einen verletzten Leib, der sich nicht zu wehren vermochte,* sprach mein Herz und ich hörte absichtlich nicht zu.

„Ich sehe so traurig aus, weil ich das Lesen verloren habe", hörte ich mich sagen, auf seine Aussage von vor Minuten eingehend. Das war nur die halbe Wahrheit, aber immerhin. Mit dem Kopf deutete ich auf die Bücher in dem improvisierten Regal.

„Ich kann die Buchstaben und Wörter und Zeilen erkennen und logisch verstehen, welche Bedeutung sie haben", schob ich nach, weil ich meinte, dass ich mich erklären musste, „aber sie docken nicht in meinem Herzen an. Ich vergesse sofort wieder, was sie meinen. Es gelingt mir nicht, in eine Geschichte zu tauchen und dort für die Dauer ihrer Erzählung zu bleiben. Dabei waren die Geschichten doch immer mein sicherer Hafen für all das Schlimme, was einem im Leben passieren kann. So lange ich sie hatte, habe ich mich menschlich gefühlt. Und dem Leben gewachsen. Jetzt bin ich …"

Was für ein Wortschwall! Ich verstummte. Der würzige Geruch der Zigarette biss in meiner Nase. Wilhelm drückte den Stummel auf dem Boden aus und schob die Lippen nach vorn, als dächte er angestrengt nach.

„Das fühlt sich sicher furchtbar an", sagte er. Gleich ging es mir etwas besser. Er fand mich nicht albern, hysterisch, übertrieben. Er akzeptierte, dass ich um etwas trauerte, was mir wichtig gewesen war. Ich schlang die Arme um meinen Körper in dem blassgrauen Mantel und den Schal fester um den Hals. Mir war nicht kalt. Ich musste etwas tun, weil die Aufregung mich nervös machte. Wann hatte ich das letzte Mal über eine meiner Befindlichkeiten gesprochen und zu wem? Ich wusste es nicht mehr. Niemand schien geeignet zuzuhören, denn niemand genoss mein Vertrauen. Ich fürchtete, Verwandte und Freunde würden mich nicht verstehen oder meine Offenheit zu ihrem eigenen Vorteil gegen mich verwenden. *Außerdem* quollen ständig Scham und Schuld in mir auf und verstopfen mir meinen Mund, bevor ich ihn öffnen konnte. *Außerdem* wollte ich nicht für unnormal oder gar irre gehalten werden. *Außerdem* ergab es sowieso keinen Sinn, sich anzuvertrauen, denn Rettung war nicht im Bereich des Möglichen. *Außerdem, außerdem, außerdem* ... Es gab unzählige Gründe, warum ich nicht sprach, nicht mehr fühlte, nicht mehr las. Hier in dieser Sekunde wurden sie mir alle auf einmal bewusst.

Wilhelm hatte geschwiegen, damit ich mich sammeln konnte. Er schaute still dabei zu, wie sich in meinem Kopf die wilden und wildesten Fetzen zu Bildern zusammensetzen, deren Thema ich plötzlich erkennen konnte. Noch keine Einzelheiten, doch die Aussage, unter der sie zusammengefasst wurden. Hatte sich mein Blick geklärt? Der Ausdruck auf meinen Zügen verändert? Es musste so sein, denn als es mir vorkam, als hätte ich den Weg der ziellosen Grübelei und des Stocherns im Schmutz verlassen und sei auf der Geraden des überlegten und rationalen Analysierens abgebogen, da nahm auch Wilhelm den Faden wieder auf. Er erhob sich, schwerfällig, wie ich besorgt feststellte, und trat zum Regal, griff ein

Buch, scheinbar wahllos, doch in Wahrheit wohlbedacht.

„Wenn das so ist", sagte er, „müssen wir das Lesen zurück zu dir locken. So lange, bis es Lust hat, bei dir zu bleiben. Wenn du den Vögeln im Winter Futter anbietest, kommen sie immer wieder zu dir zurück. Futter streuen heißt, etwas anbieten. Du kannst deinem Geist eine Inspiration anbieten, die ihn nicht überfordert. Wir beginnen mit etwas Einfachem, das so kurz ist, dass es selbst kleine Kinder fesselt und so einfach, dass man es in einem Rutsch schafft."

Er reichte mir das zerlumpte, dicke Buch, auf dem in abgeschabten goldenen Lettern „Grimms Märchen" stand.

„Fang einfach ganz vorn an. Ich glaube, es beginnt mit „Rotkäppchen. Oder Schneewittchen? Egal. Einige wirst du schon kennen und andere noch nicht. Das spielt keine Rolle, ob du sie kennst. Fang einfach an und dann arbeiten wir uns durch."

Er zog die Nase geräuschvoll nach oben und nahm wieder Platz auf seinem Schlafsack, die Mauer im Rücken. Es war dämmrig draußen, aber noch hell genug, um mindestens eine Stunde zu lesen. Die Stunde erschien mir wie ein Berg, der zu hoch war, um überhaupt den ersten Schritt zu wagen, aber die Blöße mochte ich mir auch nicht geben. Ein paar Absätze Volksmärchen lesen, das würde ich ja wohl schaffen! Das konnte nicht so schwer sein! Vielleicht würde Wilhelm ja gar nicht merken, dass Worte aus meinem Mund kamen, die meine Fantasie nicht erreichten, weil deren Tür verschlossen war. Buchstaben herunter beten war leicht, das konnten selbst Grundschulkinder! Den Sinn dahinter verstehen und aufkommende Bilder erkennen nicht unbedingt, doch das geschah so tief verborgen, dass es nach außen nicht auffiel. Konnte ich ihn täuschen, wenn ich mir genug Mühe beim Vorlesen gab und an den richtigen Stellen betonte?

Mein Herz schlug bis zum Hals, vermutlich würde ich gar keinen Ton herausbringen. Ein Blick zu Wilhelm zeigte mir, dass er nichts von seiner Aufmerksamkeit eingebüßt hatte, auch, wenn es vielleicht so aussah, als hätte er sich entspannt. Oh, er würde merken, dass ich nicht mit dem Herzen bei der Sache war!

Meine Hände, die das schwere Buch hielten, bebten. Sie waren feucht von Schweiß, das Aufklappen und Umblättern fiel mir schwer. *Dumme Suse, als ob du noch nie ein Buch in den Händen gehalten hättest!*

„Wer spricht da?" Wilhelm reckte sich. Ich hatte es laut gesagt!

„Ich", piepste ich kläglich. Das Unterfangen wurde eine Katastrophe, ich spürte es deutlich!

„Ich habe wohl gehört, dass es deine Stimme war, die es gesagt hat", brummte Wilhelm, „aber es waren nicht deine Worte." *Marcel*, denke ich. Wenn es um eine dumme Suse oder blöde Trine geht, waren es immer Marcels Worte! Ich musste es ihm nicht erklären, er ahnte es wohl.

„Schaff den Gedanken aus deinem Kopf, er nimmt den guten Gedanken ihren Platz weg." Sein Tonfall war freundlich und ein bisschen ruppig. *Keine Widerrede.* Ich schob Marcel und die Suse und auch die Trine beiseite. Die hatten hier nichts zu suchen.

Schneewittchen also. Schwarze Buchstaben auf weißem Papier. Bunte Bilder, verblichen, aber noch gut erkennbar. Ein Fettfleck in einer Ecke, der Titel von einer Blumenranke umrahmt. Ich schloss die Augen. Versuchte, mir Schneewittchen vorzustellen. Weiß wie Schnee, Rot wie Blut, Schwarz wie Ebenholz. Es gelang mir. Für eine Sekunde stieg ein Bild auf, das ich von früher kannte. Leuchtende Lippen, seidiges Haar. Das Bild vermischte sich mit dem von mir selbst am Morgen im Spiegel. Grauer Mantel, roter Schal, schwarzes Haar, bleiche Haut. An diesem Punkt trafen sich meine und die Substanz der Geschichte und konnten miteinander verflochten werden. Ich hatte einen Bezug gefunden. Das Märchen hatte mich zum Tanzen aufgefordert und ich hatte „Ja" gesagt.

Absichtlich langsam begleitete ich König und Königin in ihr Schloss und folgte ihrem Wunsch nach einem Kind. Noch vor wenigen Tagen hätte ich das niemals gewagt, doch nun erschien es mir, als müsse es so sein, als gäbe es keinen anderen Weg als jenen, der direkt durch den Schmerz hindurchführte. Es war fast ein Aufseufzen.

Mein Herz wurde von einem jähen Schlag durchzogen, als hätte ich in einen Stromzaun gefasst, doch es dauerte nur einen Moment, dann konnte ich wieder atmen. Ich las von dem schönen Mädchen, dem Jäger im Wald, der bösen Stiefmutter, Kamm, Gürtel und Apfel. Der gläserne Sarg, die rührenden Zwerge, der liebende Prinz. Meine Augen füllten sich mit Tränen. Sie perlten unter meinen Wimpern hervor und benetzten meine Wangen. Erleichterung, weil Bilder kamen? Entsetzen, weil mein eigener Kummer sich mit dem der Königin vermischte? Angst, Trauer, Wut? Und Schuld, diese große böse Unbekannte, die immer um mich herumschlich und mir einen tonnenschweren Stein auf die Brust legte?

Wilhelm lauschte aufmerksam und sparte sich die üblichen Reaktionen, die Menschen sonst an den Tag legten und die meistens alles noch viel schlimmer machten. Weder kommentierte er meine stockenden Worte, die schmutzig und laut vor sich hin polterten wie Kohlen, die durch ein Kellerfenster fielen. Noch ließ er sich über meine Tränen aus, auch, wenn er sie kaum verstehen konnte, weil ihm eine Erklärung fehlte. Die hätte ich ihn sowieso nicht geben können, weil ich es selbst nicht verstand. Er unterließ es auch, mir den Arm um die Schultern zu legen, wie er mich überhaupt niemals je körperlich berühren sollte. Und er verzichtete auf all die Floskeln, die uns manchmal am liebsten zum Schreien bringen würden:

Es wird alles wieder gut. Es ist doch nicht so schlimm. Was fehlt dir denn überhaupt, dir geht's doch prima. Lass uns das Problem analysieren, dann finden wir eine Lösung. Schau nach vorn, es muss ja weitergehen. Du darfst dich nicht gehenlassen. Reiß dich zusammen, damit du wieder auf die Beine kommst.

Sätze wie diese hatte ich hundertmal gehört, von wohlmeinenden oder auch neugierigen Leuten, denen es nie gelang, in meine Tiefen vorzudringen. Nur: Es gab keine Lösung und es gab nichts, das analysiert werden musste. Der Kummer war einfach da, wie ein Tumor in einem Organ, der aus dem Verborgenen heraus sein Gift in den Leib schickt, bis er ihn ganz und gar damit überschwemmt hatte und damit zugrunde richtete. Man musste lernen, mit seiner Existenz zu leben, sonst verschlang der Kampf gegen ihn die ganzen Ressourcen und man blieb ausgehöhlt und kraftlos zurück. Man konnte nicht gewinnen, so lange man die Realität als solche ablehnte, und vorher brauchte man auch nicht in die Schlacht zu ziehen. Akzeptanz war die einzige Erlösung – aber bis dahin war sie mir wie der größte Gegner erschienen, den ich nicht zu bezwingen vermochte, ohne mich selbst aufzugeben.

Wilhelm schwieg und regte sich nicht, wirkte aber eigentümlich entspannt, wie er da an der Wand lehnte, die Hände im Schoß, die Augen halb geschlossen. Er war einfach nur da, beruhigte mich mit seiner stummen Anwesenheit. Er hörte mir zu und ließ meinem traurigen Märchen seinen Raum, ohne einzugreifen und etwas daran ändern zu wollen. Dankbar und innerlich gestärkt las ich weiter, bis ich an den Ort gelangte, an dem selbst der größte Schmerz zu einem erleichternden Relikt wird, dessen gekrümmte Finger nicht mehr in die Gegenwart hineinragen. Ich nahm wahr, wie der Klumpen in meinem Herzen eine Sekunde lang schrumpfte. Ein Gefühl, an dessen Existenz ich schon nicht mehr geglaubt hatte.

Es war viel zu schnell vorbei und Wilhelm nahm mir das Buch aus der Hand und stellte es wieder ins Regal.

„Wir lassen es langsam angehen", meinte er, „eines am Tag genügt." Damit nahm er an, dass ich morgen wiederkommen musste und das musste ich in der Tat, ich hatte ihm ja die Kerzen zu bringen.

DREI

Die Märchen verschmolzen mit mir, als sei ich ihr heimlicher Urheber, der sie auf jedem seiner Wege in sich trug. Wenn Marcel zur Arbeit oder mit seinen Freunden unterwegs war, öffnete ich das dicke, staubige Buch, das ich mir in der antiquarischen Buchhandlung besorgt hatte, atmete den Staub und den muffigen Geruch ein und ließ mich von Dornröschen, Hans im Glück und der Gänsemagd aus dem dämmrigen Keller abholen, um einen kleinen Ausflug zu unternehmen. Es war nicht schwer, im Gegenteil. Nachdem mir jemand die Tür zur Märchenwelt wieder geöffnet hatte, fand ich rasch und mit schlafwandlerischer Sicherheit den Weg hinein.

Schwieriger war es, wieder hinauszugelangen. Ich schloss das Buch behutsam und schob es vorsichtig wieder zwischen die anderen, doch der Weg über die Kellertreppe zurück hinauf in den Wohnbereich genügte nicht, um mich zu sammeln. In Schneewittchens gläsernem Schuh stolperte ich verwirrt die Stufen nach oben, ich musste mich am Handlauf festhalten, um nicht zu fallen. Manchmal erschien es mir, als trüge ich Hans' schweren goldenen Klumpen auf den

Schultern, doch mein Stein war nicht golden. Er verschmutzte mit seinem tückischen grauen Leuchten auf unspektakuläre und gleichzeitig aufdringliche Weise meine Umwelt und wollte einfach nicht in den Brunnen fallen. Die Zündhölzer des Mädchens mit den Schwefelhölzchen offenbarten mir keine wundervollen Traumwelten, doch immer wieder entzündete ich eines mit neuer Hoffnung.

Ich schulte meinen Geist im Lesen der kurzen kleinen Geschichten, die alle nach demselben Schema abliefen. *Es war einmal ... ein armes Mädchen, ein armer Junge ... Eine Prüfung, die zu absolvieren war. Elend und Unglück. Magische Helfer. Ein Happy End. Und wenn sie nicht gestorben sind ...*

Meine Fantasie stärkte sich während der Lektüre, wie ein Muskel, der täglich trainiert wird. Gab es Hausarbeit zu erledigen oder hockte ich tippend im Büro über meinen Listen, begleiteten die Märchen mich als Hörbücher oder Hörspiele, indem ich mir Kopfhörer auf die Ohren setzte und die Außenwelt damit ausschaltete. Auch nachts, wenn ich nicht einschlafen konnte, ließ ich mir Märchen vorlesen.

Es dauerte nicht lange, und ich kannte sie alle. Ich hörte sie viele Male, bis ich jedes Wort mitsprechen konnte. Marcel bekam bald spitz, was ich trieb, doch er dachte nicht daran, es mir zu verbieten. Er verbot mir nie etwas – sein Weg war viel subtiler. Er versuchte, mir die Dinge madig zu machen, sodass ich selbst die Lust daran verlor. Diesmal klappte das nicht. Wenn er mir die Kopfhörer von den Ohren stieß und laut lachend rief: *Klein Clara besucht wieder die Märchenoma! Willst du auch noch einen süßen Bonbon, Baby?*, dann machte mir das nichts aus. Es ließ mich kalt, weil es nicht mehr bis in mein Herz vordrang. Was wusste einer wie Marcel schon von Büchern, Märchen oder auch nur von Bonbons? Seine Welt bestand aus Zahlen, kühler Kalkulation, Manipulation. Seine Freunde suchte er sich danach aus, wie gut sie ihm auf der Karriereleiter nach oben helfen konnten. Seine Eltern besuchte er nur, weil man „das eben tat" und vermutlich auch, weil er mit seinem Bruder in einer Art Wettstreit stand, wer die größeren Opfer für die alten Herrschaften brachte. Von Zuneigung, Wärme oder Fantasie ahnte er nichts.

Manchmal saß ich des Nachts auch im Wohnzimmer auf dem Sofa, im Schein einer kleinen Lampe, und las mir selbst leise vor. Flüsternd nur, damit Marcel ein Stockwerk entfernt mich nicht hören konnte. Meine Stimme hatte einen sanften und angenehmen Klang, sie war wie dafür gemacht, vorzulesen. Nur die Kinderohren, die hätten lauschen sollen, fehlten. Es wäre wohl selbst ein Märchen gewesen, hätte zu meinen Füßen in einer Wiege ein Säugling geschlummert oder ein kleines Händchen nach meinen Fingern gegriffen, während die böse Hexe Hänsel und Gretel mit ihrem Zuckerhäuschen lockte. Es gab nichts, was ich nicht dafür getan hätte, um dies zu erreichen. Und es gab nichts, was ich hätte tun können, um diese Zeit zurückzuholen. Die kleinen Händchen blieben nicht, sie entglitten mir. Weil ich nicht fest genug zugepackt hatte?

Täglich verbrachten Wilhelm und ich unsere Nachmittage im Schutz der alten Scheune, nur begleitet vom Wind, der draußen in den Blättern raschelte und vom Knistern des Feuers, in dem Wilhelm stocherte, während ich die Märchen vorlas, die mich manchmal zum Lächeln und manchmal zum Weinen brachten. Wir hatten die Fensterscheiben geputzt und ich hatte Wilhelm gefragt, warum sie noch nicht von Randalierern zerschlagen worden waren. Er hatte wieder diese ausschweifende Geste mit der Hand gemacht, die in alle und keine Richtungen zeigte und nur gemurmelt: *Das Park- und Schlossensemble erwartet große Aufgaben.* Ich hatte nicht verstanden, was er meinte, doch er war nicht bereit, genauer darauf einzugehen. Da ich auch nicht bereit dazu war, genauer zu erklären, was mir fehlte, war es in Ordnung und wir beide waren quitt.

Zu Hause probte ich zunehmend den Aufstand, ohne es überhaupt zu merken. Während ich in den Jahren zuvor meinen Aufgaben penibel genau und immer pünktlich nachgekommen war, neigte ich nun zu Oberflächlichkeit und zum Trödeln. Ich räumte die Regale beim Staubwischen nicht mehr leer, sondern wedelte nur halbherzig mit dem Staubfänger über den Nippes, bevor ich den Staubsauger lustlos über das Parkett schob und die Ecken dabei ausließ. Ich sah Zeitungsstapel nicht mehr daraufhin durch, ob Marcel wohl einige davon behalten wollte, bevor ich sie entsorgte. Wenn ich in dem einen Laden keine Avocados bekam, sparte ich es mir, einen weiteren aufzusuchen und richtete zum Brot nur schnell einen Tomatensalat an. Es war mir zu wichtig, schnell zu meinen Märchen zurückzukommen. Die Rezepte, die ich umsetzte, wurden zunehmend einfacher und die Mahlzeiten weniger üppig.

Eines Sonntags kochte ich gar nicht. Zur gewohnten Essenszeit fand Marcel mich auf dem Sofa. Er war missmutig und gereizt aus seinem Computerzimmer gestürmt, in dem er sich für gewöhnlich zum Zocken verschanzte, während ich mich mit der Hausarbeit herumschlug, und hatte mich missbilligend angeblickt.

„Es ist zwölf Uhr und das Essen steht nicht auf dem Tisch, Clara", sagte er. Ich sah auf und riss mich nur sehr ungern von *Schneeweißchen und Rosenrot* los. Mein Becher Tee dampfte, der Raum duftete nach Kräutern und Honig. Essen? Musste ich wohl vergessen haben. Hunger? Hatte ich keinen. Mein Hunger war schon lange verschwunden, nicht nur der körperliche.

„Das Essen ist in der Küche", erwiderte ich. Ich wollte keinen Streit, aber ich wollte auch nicht kochen, weil ich etwas Besseres zu tun hatte. Marcel blickte nicht grimmig, er hatte eher dieses falsche Funkeln in den Augen, das nichts Gutes verhieß. Und wenn er mich bei meinem Vornamen nannte, statt „Kleines" oder „Baby" zu mir zu sagen, lag Ärger in der Luft. Ich klappte das Buch zu, nachdem ich ein Lesezeichen zwischen die Seiten geklemmt hatte.

„Das Essen ist in der Küche", wiederholte ich, wohl wissend, dass es Marcel ziemlich ärgern würde, dass der Tisch noch nicht gedeckt, die Servietten nicht gefaltet, der Wein nicht eingeschenkt war. Marcel ging in die Küche und ich folgte ihm, eine merkwürdige Mischung aus Angst und Genugtuung wie ein Knäuel im Magen.

„Wo?", fragte er und blickte sich um. Auf dem Herd brutzelte nichts, der Backofen war aus, der Geruch war fast steril und erinnerte nur ein wenig an die schrumpeligen Äpfel, die in einer Schale vor sich hin reiften.

Marcel öffnete den Kühlschrank und hoffte wohl, dort einen Auflauf vorzufinden, der nur noch erwärmt werden musste. Nichts. Ich blieb in der Tür stehen und verschränkte die Arme vor der Brust. Ich fühlte so etwas wie kühne Wut, die in mir rumorte, noch nicht den richtigen Ausgang fand, und doch auf dem Weg in die richtige Richtung war. Als ob ich großen Gefallen daran finden könnte, alles kurz und klein zu schlagen und danach befriedigt das Ausmaß der Zerstörung zu betrachten. Dabei war dies doch *meine* Küche. *Mein* Zuhause, *mein* Mann, *mein Ein und Alles*. Hier war, was ich besaß und was mich ausmachte. Warum reizte mich der Gedanke, es dem Erdboden gleichzumachen?

Ich schob die Lippen nach vorn und legte die Stirn in Falten. Mein Denkerblick. Marcel hasste ihn. An der Uni hatte ich ihn häufig aufgelegt, wenn es die Lösung für ein verzwicktes Problem zu ertüfteln galt. Heutzutage nutzte ich ihn selten. Nicht nur, weil Marcel ihn hasste, sondern weil mein Hirn mit keinerlei intellektueller Herausforderung mehr beschäftigt wurde.

„Warum glotzt du so, Clara?" Er kam zwei Schritte auf mich zu. Massige Oberarme, kräftige Schenkel. Ein wohlproportionierter Körper, der sorgfältig gepflegt wurde. Darüber ein heller Kopf, ein ansprechendes Äußeres. Zu perfekt, um wahr zu sein. Nur, wenn er schlief und nicht darauf bedacht war, einen schönen Schein vorzuspielen, fielen manchmal die von Fältchen durchzogenen Augenwinkel und die winzigen Furchen über seinem wohlgeformten Mund auf.

„Du siehst aus wie ein Schaf, das seinen Namen vergessen hat. Oder ein Schaf, das zu dumm ist, um überhaupt einen Namen zu bekommen. Clara!"

Ich lächelte. Welch müder Versuch, mir wehzutun.

„Wo ist das Essen?", fragte Marcel, eine Spur schärfer. Sein Magen knurrte lautstark. Der Kühlschrank brummte leise, vor dem Fenster liefen ein paar Kinder vorbei, die sich etwas Fröhliches zuriefen und einen Ball zuwarfen. Ich zwang mich, nicht an das Händchen zu denken, das mir entglitten war, ohne dass ich es hatte verhindern können.

Zögerlich trat ich an den Küchenschrank heran und zog ihn auf.

„Da unten sind die Kartoffeln", sagte ich und deutete auf die braunen Gebilde. „Daneben die Karotten. Dein Schnitzel findest du bei Schlachter Schmidt in der Kramerstraße und zum Nachtisch kannst du dir einen Kuchen backen. Backzutaten sind in dem Hochschrank, die Waage findest du auf der Anrichte neben den Kochbüchern."

Härter als beabsichtigt knallte ich die Mehldose auf den Tisch. Der Deckel flog ab und verteilte weißen Staub in der Küche. Er bedeckte die Rezeptbücher im Regal, das Grün der Pflanzen im Fensterbrett und meine Schürze an der Tür, die ich zu jenem Zeitpunkt hätte tragen sollen.

„Vergiss das Backpulver nicht", schob ich nach, „sonst geht dein Kuchen nicht auf und bleibt so klein und hart wie dein Herz."

Verblüfft blickte Marcel mir in die Augen. Er war so perplex, dass er vergaß, seinen oberlehrerhaften Ton anzuschlagen.

„Du hast weder eingekauft noch gekocht", kam es über seine Lippen, als könne er nicht fassen, dass seine fügsame Vorzeigeehefrau sich derart rebellisch gebärdete. Irrte ich mich, oder lag sogar etwas widerwillig Bewunderndes in seinem Blick? Jedenfalls war es rasch daraus verschwunden und seine Lippen wurden zu einem schmalen Strich, zwischen seinen Brauen stieg eine Falte auf die Stirn und er rümpfte die Nase.

„Wirf ein paar Nudeln in den Topf", sagte er, gewohnt, das Zepter in den Händen zu halten. „Ich hab Hunger. Und zwar jetzt. Morgen fährst du direkt nach der Arbeit zum Schlachter und holst die Schnitzel." Marcel duldete keine Widerrede. Er blieb meistens höflich, machte aber unmissverständlich klar, wer das Sagen hatte und blieb unerbittlich, wenn er seine Bedürfnisse durchsetzen wollte. Widerstand kannte er nicht. Weder als kleiner Junge, dem seine Eltern keine Grenzen gesetzt hatten, noch als erwachsener Mann, der seine Arbeitskräfte in der Firma, seine Verwandtschaft und seine Frau herumkommandierte und dabei gar nicht auf die Idee kam, andere Menschen könnten andere Wünsche haben. Falls es die gab, waren sie für Marcel irrelevant. Er arbeitete nicht mit Mitteln wie plumper Gewalt, das entsprach nicht seiner Vorstellung von Zivilisiertheit. Aber das wäre tatsächlich leichter gewesen, denn dann hätten seine Opfer sich wenigstens sicher sein können, dass ihre eigenen Wahrnehmungen tatsächlich die Realität abbildeten. Für Gewalt hätte man ihn anzeigen, anklagen, verlassen, bestrafen können. Für dieses subtile Etwas, mit dem er seine ratlosen Opfer quälte, blieb hingegen nichts als der kleine, unsichere Eindruck von Wertlosigkeit, der sich kaum greifen ließ, weil er so blass war. Und die Angst, einer falschen Interpretation der Lage aufzusitzen.

Mir war bewusst, dass dieser erste kleine Kampf zwischen uns eine große Bedeutung besaß: Wenn ich jetzt klein beigab, würde ich auf ewig in mein Körbchen verwiesen und konnte meinen Traum von ein wenig Freiheit in die Tonne werfen.

Er würde mir die Märchen wegnehmen, denn was sonst konnte Schuld an meinem missliebig veränderten Verhalten haben! Das durfte ich nicht zulassen. Es galt, standhaft zu bleiben, allen Unterstellungen, Beleidigungen und scheinbar charmanten Verlockungen zum Trotz. Er würde nun die zahme Streicheleinheit auffahren, die mich wieder an meiner eigenen Wahrnehmung zweifeln ließ und damit in die eigenen Schranken zwang. Und richtig schlug Marcel einen versöhnlichen Ton an:

„Baby, wenn du schnell was für uns zauberst, haben wir den Nachmittag für uns und können um den See laufen. Du läufst doch gern."

Ein bemüht liebevoller Blick, hinter dem Zorn brodelte. Ging ich darauf ein, war die Sache entschieden und der Konflikt vom Tisch. Wir konnten uns nach dem Essen die Jacken überwerfen und gemeinsam Zeit an der frischen Luft verbringen, wie er mir in Aussicht gestellt hatte. Und danach würde er mir die Bücher sanft aus der Hand nehmen, nachsichtig lächeln und sagen: *So einen Blödsinn lassen wir jetzt, Liebes. Das verwirrt nur dein kleines Köpfchen.*

Leistete ich allerdings Widerstand, würde er mich bald als „Naivchen" oder „dummes Hühnchen" bezeichnen und den Nachmittag mit Zockern verbringen, während ich allein am See stand und den Enten Brotkrumen ins Wasser warf. Ich ertappte mich dabei, dass ich mir gar nicht mehr wünschte, er würde mit mir den Tag verbringen. Sollte er mir fernbleiben, es machte mir überhaupt nichts aus! Im Gegenteil! Ohne ihn konnte ich während des Spaziergangs einem Märchen lauschen und niemand würde mich darauf aufmerksam machen, dass ich die Namen der Bäume nicht kannte oder so lange die Enten beobachtete, bis es peinlich wurde.

Marcel schien mein Zögern zu spüren, vielleicht ahnte er, mit welchen Gedanken ich rang. Er legte mir die Hand auf die Schulter und strich mir mit der anderen über den Kopf, wie man es bei einem Kind tat, um es zu trösten.

„Ich helfe dir heute mal beim Essen", sagte er, die Stimme plötzlich so sanft wie ein kuscheliges Lämmchen. *Du siehst aus, wie ein dummes Schaf ... Dumme Suse, blöde Trine. Mein unfähiges, ungeschicktes Liebchen!*

„Wir kochen gemeinsam, so wie früher."

Wie früher?, wollte ich fragen. *Früher, als die gemeinsame Welt noch behaglich und sicher war? In dieser fernen Zeit vor dem schrecklichen Verlust, der keine Worte kennt und seinesgleichen vergeblich sucht?*

Etwas in mir sehnte sich danach, seinen Worten zu folgen. Gemeinsam kochen, zusammen essen, danach etwas Wertvolles erleben, in stiller Zweisamkeit. Mich an seine Brust lehnen, seine Arme auf meinen Schultern und seine Hände an meinen Wangen fühlen. Diesen verführerischen Traum von Geborgenheit noch einmal erleben! Aber das war eine Falle, wurde mir nur zu schnell wieder klar. Alles, was nach Gemeinsamkeit aussah, war eine Falle, in der ich mich verheddern und zugrunde gehen würde! Seine sanften Worte waren wie ein Gift, das in meine Adern tröpfelte und mich Tag für Tag dahinraffte, immer ein Stückchen mehr. Ich durfte ihnen nicht lauschen. Ich durfte ihm nicht glauben! Das letzte Mal, als ich ihm vertraut hatte, hatte ich zu teuer bezahlt.

„Ich koche dir die Nudeln und dazu eine Fertigsoße", schlug ich den einzigen Kompromiss vor, der mir einfiel, um keinen Konflikt offen eskalieren zu lassen. „Aber heute Nachmittag will ich für mich sein, um zu lesen. Ich habe keine Lust auf einen Spaziergang mit dir, oder was auch immer."

„So lange du nicht wieder allein stundenlang draußen rumrennst", gab er zurück. Es war ihm egal, dass ich keine Zeit mit ihm verbringen wollte. Hauptsache, ich stand ihm bei seinen Aktivitäten nicht im Weg und, was noch wichtiger war: Hauptsache, ich gab mich nicht mit anderen Menschen ab, die sich meiner Aufmerksamkeit und Zuwendung gewiss waren. In Marcels Familie wurden die Ehefrauen als das Eigentum der Männer betrachtet und mein Gatte dachte nicht daran, mit dieser Tradition zu brechen.

Marcel bückte sich und holte einen großen Topf aus dem Schrank. Meine Aussage, ich wolle keine Zeit mit ihm verbringen, ignorierte er. Warum auch nicht? Wenn Clara sprach, war es, als fiepe eine Maus. Ich war nicht mehr als ein Stein im Schuh: ein bisschen nervig, aber nicht sonderlich weltbewegend.

Wir kochten zusammen und doch nicht gemeinsam, denn nichts ging Hand in Hand. Zweimal stießen wir fast zusammen, als wir uns gleichzeitig herumdrehten, Marcel benutzte das Messer, das eigentlich meins war, und so musste ich ein stumpfes nehmen. Als ich Basilikumblätter von der Pflanze zupfen wollte, knallte er gegen meine Hüfte, weil er mit dem heißen Topf auf dem Weg zur Spüle war, um ihn abzugießen. Die bereits gezupften Blättchen in meiner Hand fielen zu Boden, der Topf in der anderen folgte ihm. Die Pflanze landete zwischen Erde und Scherben auf den Fliesen. Das erwartete Donnerwetter blieb aus.

„Es ist immer dasselbe mit dir, Claralein", rief Marcel stattdessen lachend. „Du bist so ungeschickt wie ein Nilpferd im Porzellanladen und würdest ohne mich nicht mal ein paar lumpige Nudeln hinkriegen!"

Er fand diese Aussage wohl witzig, denn er lachte immer noch, als er ins Wohnzimmer ging und das Geschirr dort auf dem Esstisch platzierte. „Selbst Nudeln kochen ist für die kleine Maus eine zu hohe Kunst! Wie ist diese Frau bisher nur durchs Leben gekommen?"

ELEFANT im Porzellanladen, du Idiot, ging es mir durch den Kopf. Knien im Dreck. Aufsammeln von Scherben, Erdkrümel zwischen den Fingern. Der Geruch von Moos und nassem Waldboden. Ich hatte große Lust, die bissfest gegarten Nudeln, die in der Spüle dampften, auf den Dreckhaufen zu schütten. Aber da war auch dieser Schmerz. Dieses Stechen in der Brust, das meine ganzen Mühen, mich zu wehren, zu einer Farce werden ließen. Ja, ich war zu doof zu allem! Vor allem war ich zu doof – oder zu unfähig gewesen – zu schützen, was mir lieb und teuer war. Ich hatte es verloren und diesen Verlust nicht verhindert. Es war mir genommen worden – und ich hatte es mir nehmen lassen. Wie man es auch drehte und wendete, ich war eine lebensunfähige, dusselige Kuh, die froh sein konnte, dass ein solch netter und kluger Mann wie Marcel sie nicht in die Wüste schickte! Wie kam ich dazu, mir einzubilden, ich sei ohne ihn besser dran? Weil ich dann sonntags nicht mehr kochen musste? Scheiß drauf! Scheiß auch auf die dämlichen Märchen, die mein Hirn vernebelten und mein Herz tonnenschwer machten!

Als Marcel zurück in die Küche kam, kniete ich weinend neben den Basilikumresten und war nicht dazu in der Lage, eine Kehrschaufel zu holen oder auch nur aufzustehen. Meine Nase lief, mein Blick war blind von Tränen. Erde und Basilikum mischte sich mit dem Geruch aromatischer Tomatensoße. Mein Dasein war dieser Haufen Scherben, die ohne ein Wimpernzucken im Müll landen und von niemandem vermisst werden würde. Ich war ein zerschlagener Topf, in dem kein Leben gedieh.

„Na, komm einmal her", sagte Marcel. Der väterliche Ton. Mitgefühl und Verständnis. Eine Nebelkerze für meinen verwirrten Kopf. Seine Hände auf meiner Schulter, in meinem Haar, auf meinen Schläfen. Ein Taschentuch, das mir an die Wange gepresst wurde. Streicheln, wiegen, wimmerndes Weinen, das schlagartig verebbte. Nun konnten wir weitermachen mit unserer Scharade: *Haben wir es nicht schön zusammen?*, pflegte Marcel immer zu sagen, formuliert als Frage, obwohl er doch keine Antwort erwartete. *Es fehlt uns doch an nichts!*

Ich benutzte das Taschentuch. Entschied mich, das Märchenbuch neben die Tonscherben von diesem Pflanzgefäß in den Abfall zu werfen. Keine Märchen mehr. Keine irren Wünsche, die niemals zu erfüllen waren, weil sie sich selbst überlebt hatten. Der größter aller Wünsche hatte mich direkt ins Niemandsland geführt! Wünsche waren zu nichts gut, sie waren Fesseln am Fuß und zerstörten das zarte Gespinst des eigenen Herzens, wenn sie ins Bewusstsein drangen.

Schluss damit! Wir würden uns setzen und essen und bei den Händen halten. Wir würden schnellen Schrittes den See umrunden und nicht bei den Enten verweilen. Wir würden die Stunden und die Tage und die Jahre zusammen verbringen, eine wunderbar aufeinander abgestimmte Funktionseinheit, die niemals aus dem Takt lief. Alles war gut. DAS war mein Leben. Es gab kein anderes. Es war in Ordnung.

VIER

Ich hatte wirklich nicht mehr hingehen wollen. Diese wunderschöne und zugleich schreckliche alte Ruine sollte aus meinen Gedanken verschwinden und nie mehr eine Bedeutung haben, ich wollte ihrer verführerischen Verlockung nicht mehr erliegen, denn ich ahnte, dass dieser Entwicklung etwas folgen konnte, das mein ganzes Dasein aus seinen Angeln zu heben vermochte.

Aber ich hatte Wilhelm versprochen, ihm etwas zu Essen vorbeizubringen. Konnte man mir wirklich einen Vorwurf daraus machen, dass ich geneigt war, meine Versprechen zu halten? Dass ich diesen Mann in seiner Not nicht im Stich lassen wollte, wo es mir doch möglich war, sein Elend etwas zu lindern?

Vermutlich redete ich mir diese Gründe ein, als ich mich erneut in Richtung Schloss aufmachte, verbissen durch den Wald stapfend, die Hände in den Taschen, die Nase in die kalte, klare Luft gereckt. Aber selbst mir, heimliche Meisterin im Sich-selbst-Belügen, war klar, dass diese scheinbar selbstlose Begründung eine Farce war – Natürlich wollte ich zurück zu meinen Märchen, nachdem mein eigenes Buch schmutzverdreckt und nach Basilikum riechend, im Müll gelandet war. Ich wollte die sanfte, etwas knarrende Stimme des alten Mannes hören, der mir die Welt auf eine Weise erklärte, die mich faszinierte, ohne mich zu überfordern oder unter Druck zu setzen. Ich wollte diese Gesellschaft, die so ganz anders war als alle, die ich gekannt und in denen ich mich immer wie ein störender, nicht ganz ins Raster passender Fremdkörper gefühlt hatte. Ich wollte die eine Stunde des Tages, die mir selbst gehört und in der ich niemandem gegenüber Rede und Antwort zu stehen hatte. Ich wollte ein Gegenüber, das mir zum Vorbild diente, weil es in sich ruhte, trotz aller schlimmen Erfahrungen, durch die es sich womöglich im Lauf seines Lebens hatte hindurchquälen müssen.

Für Wilhelm hatte ich eine Anzahl an Dosenmahlzeiten gekauft, dazu einen Öffner, Feuerzeuggas zum Nachfüllen, schwarze Handschuhe. Dazu frisches Brot, Obst und Rohkost, frisch gewaschen zu Hause in einem unbeobachteten Moment. Eine Packung Multivitamintabletten, um den Nährstoffmangel auszugleichen. Nudeln und Reis, die er in seinem kleinen zerbeulten Topf zubereiten konnte, zwei Flaschen Wasser, damit er auf die Brühe aus nahe gelegenen Bächen und Teichen verzichten konnte, die womöglich gesundheitsgefährdend war. Ich hatte schwer zu tragen, doch spürte ich das Gewicht auf dem Rücken kaum, als ich durch das Unterholz streifte. Zwischen den Bäumen schimmerte das Gelb der Sandsteingebäude hindurch, als ich näherkam und mein Herz verlor sich in einem freudigen Hüpfer in meiner Brust, der die Farben des Himmels sanfter werden ließ.

Wilhelm begrüßte mich so beiläufig, als sei ich eine alte Freundin, die er ohnehin erwartet hatte. Und so war es sicher auch: Ich wurde rasch zu einer Konstante in seinem Leben, so wie er sich zu einer solchen in meinem wandelte. Mein Kissen lag bereit und dazu die Decke, die doch nun eigentlich ihm gehörte. Das Feuer knisterte, die Ratten in der dunklen Ecke balgten sich um Reste und verschwanden im Gemäuer, als nichts mehr zu holen war. Ich hatte bei meiner Ankunft den Uhrenturm begrüßt, der stoisch und stumm jeden Besucher empfing: *Hallo Uhrenturm, da bin ich wieder. Es ist ein gutes Gefühl, dich zu sehen. Jede Minute in deiner Gegenwart bringt mich weg von einem Ort, an dem ich nicht mehr sein will. Allein deine Existenz kündet von Hoffnung, Aufbruch, Alternative.* Es wunderte mich keineswegs mehr, dass ich im Geiste mit Gebäuden sprach – das war genauso sinnvoll oder zweckfrei wie jedes Gespräch mit lebendigen Geschöpfen, die mir auf meinem Weg durch den Alltag begegneten.

Mein freundlicher, undurchsichtiger Gefährte nahm die Geschenke mit unbewegtem Gesicht entgegen und schnitt mit einem Messer die Fingerspitzen von den Handschuhen ab, was für reichlich fransige Enden sorgte. „Ich muss damit greifen können", sagte er entschuldigend. „Achte darauf, dass niemals jemand deine Finger in Fesseln legt, die dir das Handeln erschweren, und mag die daraus resultierende Wärme auch noch so reizvoll sein."

Zustimmend nickend nahm ich Platz und schichtete auch die übrigen Mitbringsel auf das wacklige Regal. Derweil begann Wilhelm, Wasser aufzukochen, um uns eine Tütensuppe zu kochen.

„Ich habe gesehen, dass Bauarbeiten am Haupthaus im Gang sind", sagte ich und setzte mich auf den mir angestammten Platz neben dem Fenster. „Zu überhören ist es auch nicht", fügte ich hinzu und wies mit der Hand in eine unbestimmte Richtung des Baulärms. „Was ist da los?"

Der alte Mann, heute weniger gebeugt und verhärmt wirkend, ließ mich lange auf eine Antwort warten. Er rührte im dampfenden Topf und kontrollierte dann und wann, ob es heiß genug war, um den Inhalt der Tüte hineinzuschütten.

„Ich habe das Anwesen gepachtet", sagte er dann. „Von der Stadt, auf zwanzig Jahre. Das sollte genügen. So lange bin ich vermutlich nicht mehr hier – und damit meine ich nicht, dass ich verreisen werde; ich bin ja nicht erst seit gestern auf dieser Welt."

Mir blieb der Mund offen stehen. Nicht wegen dieses Gedankens an seinen möglichen Verlust, den blendete ich vollkommen aus, weil ich mich mit ihm nicht beschäftigen wollte. Sondern weil ich nicht glauben konnte, dass dieser mittellose und scheinbar auch macht- und einflussfreie, beinahe im Leben verlorene Mensch Verträge solcher Art abzuschließen vermochte. Woher hatte er das Geld dafür? Und wie hatte er die – zweifellos engstirnigen und halsstarrigen – Mitarbeiter der entsprechenden Behörden überreden können? Ich wagte nicht, nachzufragen.

„Ich hab das Anwesen gepachtet", wiederholte er, als sei ich schwerhörig oder etwas zurückgeblieben. „Und ich will ein Künstler- und Kreativhaus daraus machen. Begabte Menschen von überallher sollen an diesem Ort eine Heimat haben, hier gemeinsam wohnen und leben und die Freiheit, Möglichkeit und Inspiration finden, um große und schöne Dinge zu erschaffen. Musiker, die in einer lauen Sommernacht Konzerte auf dem

Vorhof geben. Maler und Bildhauer, die in lichtdurchfluteten Ateliers ihrem Können freien Lauf lassen und ihre Ergebnisse nachher in großzügigen Ausstellungsräumen präsentieren. Schriftsteller und Dichter, die in unterhaltsamen, launigen Runden abends am Lagerfeuer Ideen für neue Werke diskutieren. Menschen, die das gleiche Ziel haben: *Die Welt zu einem besseren Ort machen.* Früher waren diese Zirkel und Lebensgemeinschaften der Puls jeder kulturellen und künstlerischen Entwicklung, aber heute bastelt jeder in seinem eigenen stillen Kämmerlein allein vor sich hin. Das will ich ändern. Ich will einen Ort erschaffen, an dem die Musen ein heimeliges Bett finden, auf dem sie sich gern ausstrecken."

Hatte er überhaupt jemals schon so lange geredet? So viel auf einmal gesagt? Und so viel ... Unglaubliches? Es klang unrealistisch, utopisch, wahnwitzig! Und doch! Warum eigentlich nicht? Bot dieses Gelände mit seinen vielfältig nutzbaren Gebäuden und dem herrlichen weitläufigen Park nicht die beste Gelegenheit, um den Musen ihren ganz eigenen Raum zu schaffen? Ich sah sie direkt vor mir, diese Menschen, die eifrig schrieben, malten, musizierten, fabrizierten, um am Ende eines erfüllten und erfolgreichen Tages unter den jahrhundertealten Bäumen zusammenzukommen und gemeinsam die süße Sommerluft zu trinken, während am Horizont die Sonne unterging und man sich auf einen neuen Tag freuen konnte. Quakende Frösche, summende Insekten, ein fröhliches Gewusel von Menschen, die alle ähnliche Ziele verfolgten, so unterschiedlich sie auch waren!

Ja, warum eigentlich nicht? Waren nicht alle Träume und Ziele in der Vergangenheit einmal etwas gewesen, das man als unerreichbar und unvorstellbar bezeichnet hatte – bis irgendjemand genug Mut, Energie und Klugheit in sich vereinte, um diese begrenzenden Urteile Lügen zu strafen, indem er einfach umsetzte, was andere für wahnwitzig hielten?

Wir schlürften die heiße Suppe aus den Bechern und vor meinem inneren Auge entfaltete sich eine Welt, die eigentlich Wilhelms Welt war, aber nun auch Eingang in *meine* Seele gefunden hatte. Er hatte einen kleinen Keim gesetzt und dieser tastete bereits in der lockeren Erde mit den ersten zarten Wurzeln nach Halt.

Dem Essen schloss sich ein Verdauungsspaziergang über das herbstliche Gelände an.

Wilhelm, der langsam und schlurfend lief, als falle ihm das Gehen schwer, wies mit der Hand auf eine kleine Anzahl niedriger Baracken mit großen Fenstern.

„Hier werden die Ateliers und Studios eingerichtet", erklärte er mir. Ich sah nicht mehr nur die blätternden Fassaden. Ich sah bunte Häuser, aus denen Menschen mit federnden Schritten strömten, immer auf dem Sprung und im Kopf ganz bei dem, was sie gerade taten.

„Da", wedelte er weiter mit seinen fransigen Handschuhen, „in diesem mehrstöckigen Gebäude befinden sich später die Appartements der Menschen, die hier leben möchten. Klein, aber nicht eng, schlicht, aber nicht schäbig, zweckmäßig, aber nicht billig. Jeder kann sich seinen Rückzugsort schaffen, an dem er sich nach Lust und Laune entfalten und seinen Tag strukturieren kann, wie er möchte. Das Haus diente einst als Jugendherberge und später als Seminarzentrum für Berufsschüler, es eignet sich wunderbar für diesen Zweck, weil es viele kleine Zimmer hat, die hell und modern eingerichtet werden können. Wir werden ein Heim und ein Schutzraum sein für alle jene, die vom Leben und den Menschen enttäuscht sind, weil sie ihre Chance im Leben nicht bekamen oder verpasst haben."

Ich fragte mich, ob er sich selbst damit meinte. Und empfand jähes Mitgefühl für all jene, die im

Schweiße ihres Angesichts wieder und wieder etwas erschufen, das von der Welt gar nicht wahrgenommen wurde. Wie lang konnte man eine solche Ignoranz ertragen, ohne die Motivation zu verlieren? Oder waren Künstler einfach durch ihre Persönlichkeit so gestrickt, dass sie ihr Talent einfach nicht ruhenlassen konnten, ohne sich selbst zu verlieren? Auch, wenn die ersehnte Aufmerksamkeit und Anerkennung niemals kam? Waren sie gezwungen wie getriebene Tiere, immer wieder aufs Neue ihrer Leidenschaft nachzugehen und etwas zu kreieren, das die Welt vielleicht gar nicht brauchte, weil es keinen oder zu wenig ökonomischen Nutzen versprach?

Als ahnte Wilhelm meine Gedanken, nickte er.

„Hier darf es einmal nicht ums Geld gehen", sagte er. „Der Wert von Kunst bemisst sich jenseits des finanziellen Aspekts, sondern vielmehr in den Gefühlen, die sie auslöst, an dem, was sie mit uns macht. Den Verbindungen, die sie schafft. Der Schönheit, mit der sie uns alle bereichert. Wir stehen außerhalb der Gesellschaft und außerhalb des Materialismus, der unser ganzes Dasein vergiftet und uns auseinanderbringt", sagte er stolz. Dann zeigte er nach rechts.

„Und das ist die Mensa, wie in einer modernen Uni oder Schule können hier zu den Mahlzeiten alle zusammenkommen, sich unterhalten, wenn sie Lust haben, oder auch nicht, wenn sie das Alleinsein vorziehen, das übrigens etwas ganz anderes ist als Einsamkeit. Die Mensa soll das Herz werden: Gutes, nahrhaftes und leckeres Essen, das Leib und Seele zusammenhält. Gutbezahlte und wertgeschätzte Arbeitskräfte, die das alles ermöglichen. Ein Treffpunkt für zusammen verbrachte, inspirierende und herzerwärmende Stunden. Und dieses Anwesen soll Gemeinsamkeit fördern und gleichzeitig die individuelle Verwirklichung von Talenten ermöglichen. Niemand muss sich mehr verbiegen oder über Gebühr anpassen, bis er sich selbst nicht mehr erkennt. Es könnte Konflikte geben, freilich, die gibt es ja überall, wo unterschiedliche Meinungen aufeinandertreffen. Aber das, was unsere ganze Welt zerstört – Konkurrenzdruck, Leistungsstreben und die Neigung, für ein bisschen Lebensglück die Seele an den Teufel Mammon zu hängen – das wird es hier nicht geben. Sind wir uns uneins, werden wir reden, dafür hat uns der liebe Gott ja die Fähigkeit zum Austausch gegeben."

Ich betrachtete das weiß getünchte Mensagebäude mit den riesigen Fensterfronten, die viel Licht hereinließen. Auch hier gab es keinerlei Vandalismus-Spuren, nicht mal Graffitis, sondern nur Spuren das allseits herrschenden drohenden Verfalls durch den nagenden Zahn der Zeit.

Im Inneren waren ein paar Möbel zu erkennen, alte Tische und Stühle, die ersetzt werden mussten, ein fleckiger Linoleumboden, eine großzügig geschnittene und mit großen Hängeleuchten verzierte Theke. Es gab Warmhaltetruhen und viel freie Fläche, auf denen die Menschen ihre Tabletts stellen konnten, während sie warteten, bis sie an der Reihe waren.

Auch hier gelang es mir mühelos, der traurigen Realität einen farbenfrohen Filter überzustülpen: Menschen standen vor der Theke und schwatzten ausgelassen miteinander, rotbackige Äpfel leuchteten aus einer Schale, in den leeren, verdreckten Truhen sah ich Bolognesesoße, Gulasch, Currys und Aufläufe. Gelächter, fröhliches Treiben, das Aufbruchstimmung und Aktivität verhieß. Was waren das für Menschen? Gestrandete? Verlorene und Verlassene? Erfolglose, Gescheiterte? Solche wie Wilhelm? Aber wie konnte man verloren und gescheitert sein, wenn die eigene Fantasie einem solche kostbare Bilder verschaffte? Wenn die eigene Tatkraft sich von Rückschlägen und Misserfolgen nicht aus der Bahn werfen ließ und jemand immer wieder aufstand, um auch den nächsten Plan umzusetzen, wieder und wieder? Wenn ein

Mensch einen Traum träumte, der so vielen Geschöpfen zugutekommen konnte, ganz gleich, ob diese Geschöpfe das kostbare Geschenk wahrnahmen oder nicht?

Ich wandte mich von der Scheibe, an der ein handgeschriebenes Poster „Hier Videoüberwachung" klebte, dessen Enden sich lösten, ab. Starrte auf die baufälligen maroden Treppen, die das Anwesen miteinander verband. Rot-weiß gemusterte Absperrbänder, Unkraut zwischen den Fugen, völlig aus der Reihe geratene Steinstufen, das Gras viel zu hoch, weil ewig nicht geschnitten.

Die Nadelbäume zwischen den Baracken dünsteten ihren würzigen Duft aus. Ich bückte mich nach einem vertrockneten Zapfen, den ich nachdenklich musterte. Es musste in großartiges Gefühl sein, zu wissen, was die eigene Leidenschaft war! Wenn man *die* kannte, kam man auch dem Sinn seines eigenen Seins etwas näher. Ich hatte bisher nichts davon gekannt. Ich war nur ein Wesen, das nach der Pfeife anderer Menschen tanzte und still stehenblieb, wenn man es von ihm verlangte. Was ich gut konnte oder gern tat, war mir völlig verborgen. Ich war wohl in der Lage, ganz akzeptable Gerichte auf den Tisch zu bringen – wäre ich wohl als eine der „gut bezahlten und wertgeschätzten Arbeitskräfte" in der Küche denkbar? Etwas wallte in mir nach oben, das unangenehm und schön zugleich war und ein gewisses Drängen mit sich brachte: Ich erkannte erst später, dass es Hoffnung war. Aber noch war ich nicht so weit. Nicht weit genug, um nach einem Strohhalm zu greifen, nicht weit genug für eine direkte Frage. Nicht einmal weit genug, um wahrzunehmen, dass ich selbst gerade zu einem Teil dieses imaginierten Zaubers wurde.

Auch Wilhelm langte nach einem Zapfen und begann, die Schuppen davon abzuschälen und im Gehen fallenzulassen.

„Der baufällige Teil, in dem wir gerade wohnen *(Sagte er wirklich „wir"?)*, wird von Grund auf restauriert und als Ausstellungs- und Präsentationsraum genutzt werden", führte er seinen Monolog fort. Er schien mein geduldiges Zuhören und meine ehrlich interessierte Aufmerksamkeit zu genießen. Vielleicht präsentierte er seine Visionen nicht zum ersten Mal – Immerhin musste er ja eine Menge Leute – Verantwortliche, Behördenmitarbeiter, potenzielle Finanziers – bereits überzeugt haben. Aber *ich* war jemand, der jeden Blick und jedes Wort in sich aufsaugte, als beträfe dieses Projekt mich selbst. Und ich verzichtete auf Kritik oder Skepsis. Mich wunderte zwar, wie er es geschafft haben mochte, für seine antikapitalistische

Utopie, die sich kommerziell womöglich nicht tragen würde, Unterstützer zu begeistern, aber ich sagte mir, dass es wohl schon seine Ordnung und Logik haben mochte. Wilhelm erschien mir trotz seiner ärmlichen Erscheinung wie ein Wesen, das einfach alles umsetzen konnte, was es sich vorstellte, ein fähiger und umsichtiger Macher, der Schwierigkeiten überwand und Zweifel niederrang. Er hatte genug Feuer im Herzen, um auch in den Herzen seiner Mitmenschen lodernde Buschbrände auszulösen, die nur schwer wieder zu löschen waren, wenn die Glut sich einmal entzündet hatte. Wie schön war es, dass er ausgerechnet mich – eine Fremde – in seine Ideen mit einbezog! „Es wird kleine Läden geben, eine Buchhandlung mit erlesenem Angebot, Shops mit Töpferwaren und Schmuck und anderen Dingen, die das Leben aufhübschen, direkt neben dem Uhrenturm."

Wir waren wieder vor *unserem* Marstall angekommen. Wilhelm lächelte ein tiefes, seltenes Lächeln, das mehr nach innen gerichtet war als an die Außenwelt. Es strahlte über seine zerknitterte Kutte und das wirre graue Haar hinweg. Augen wie Schiefertafeln, auf denen mehr Botschaften standen, als ich wahrnehmen und verstehen konnte. Eine zerfurchte Stirn, hinter der neue Welten sich zu greifbaren Gebilden auswuchsen, die ihre Füße im Boden der Realität verankern wollten, unumstößlich und unerschütterlich. Der Großvater, den ich nie hatte, obwohl er mir vielleicht dabei hätte helfen können, mit dem Blatt, das das Leben mir verpasst hatte, eine bessere Partie zu spielen. Und doch mehr als das! Ein Großvater kochte Suppe und Tee, legte ein Kissen bereit, gab kluge und hilfreiche Ratschläge. Aber ein Visionär konnte zaubern, ohne jemals einen Zauberstab in den Händen gehalten, ohne je einen Zauberspruch gemurmelt zu haben!

Mich übermannte eine große Sehnsucht, die ich nicht in Worte fassen konnte, weil ich nicht einmal ihr Ziel verstand. Ich spürte nur, dass etwas Bitteres und Süßes sich in mir mischte, zu einem Cocktail, der nicht schmecken würde und von dem ich doch nicht genug bekommen konnte. Meine eigenen Wünsche, immer lächerlich bescheiden und gleichzeitig doch scheinbar zu groß, um sich zu erfüllen, wurden zu blassen Gestalten angesichts dieser großen Pläne. Ich bekam eine Ahnung davon, wie es sein konnte, einer der Musen gegenüberzustehen, die sich auf dem für sie liebevoll bereiteten Bett in diesem einzigartigen Schutzraum ausbreitete. Und wollte nichts mehr als sie berühren, ihre Haut anzufassen, die kalt und grau wie der Stein war, aus dem die Figuren an dem

Brunnen neben den Schlossgebäuden gestaltet waren, und die doch so viel Lebendigkeit und Herzblut verströmte! Wenn ich sie berührte, würde etwas von ihrer Gabe auf mich übergehen, dachte ich mir, und dann war ich vielleicht dazu in der Lage, neue Richtungen einzuschlagen, andere Wege zu erdenken. Altes hinter mir zu lassen und mich von etwas Neuem verführen zu lassen.

Wir marschierten unter einem düsteren, rauchig weißen Himmel die gesamte Anlage entlang, bis wir schließlich zu den Prachtbauten gelangten, die wie willkürlich zusammengewürfelte Legohäuser an der Prachtstraße lagen. Die Straße, die einst Kutschen und Fußgänger genutzt hatten, war kaum noch zu erkennen, weil die Natur sich das Gelände zurückerobert hatte. Hier und da lugte noch ein Stein aus dem schlammigen Erdboden. Ich blinzelte, weil mich trotz des trüben Tages der gelbe Stein blendete. Strich einen Riss in der Wand mit dem Finger nach. Fühlte rauen Putz, der unter meiner Haut bröckelte.

„Das Herzstück unseres Kunst- und Kreativhauses", sagte Wilhelm und schloss mit einem sonderbar geformten Schlüssel eine der Türen auf, die in das bereits renovierte Hauptgebäude führte. Im Inneren empfing mich eine Pracht, die mich atemlos machte und sogar die eigentlich nervenden Baugeräusche um uns herum ausblendete. Hier auf dem Gelände waren allerlei Handwerker und Bauarbeiter unterwegs, die zielstrebig und geschäftig ihren Tätigkeiten nachgingen. Sie waren gerade im Begriff, mit fachkundiger, geschickter und behutsamer Hand der in die Jahre gekommenen Schönheit ihren alten Glanz zurückzugeben.

In dem Pavillon, den wir betreten hatten, befand sich ein oval geformter Konzertsaal, der mir sehr groß vorkam. Riesige Bogenfenster reihten sich aneinander und ermöglichten einen Blick ins Grüne, das jetzt trist, grau und braun war. Die Wände und Decken waren üppig mit Stuck verziert, über den Fenstern prangten in Goldrahmen gefasste Bilder. Die Mitte des Raums dominierte ein schwarzer Kerzenleuchter, der, wenn er entzündet wurde, gewiss noch mehr Eindruck machte. Hier drin war alles sauber und frisch renoviert, von den zarten Sprossen in den Scheiben bis hin zur verzierten Decke, die in zartweißen und hellblauen Nuancen leuchtete. Hier mussten unglaubliche Bälle und Bankette stattgefunden haben!

„Unser Konzertsaal für schlechtes Wetter", erklärte Wilhelm, der die vorbeihuschenden Arbeiter mit einer flüchtigen Handbewegung grüßte.

(In der Sekunde war der Penner aus der Remise zu einem Auftraggeber mit Entscheidungsbefugnis geworden, der Respekt und Ehrfurcht einflößte. Wie über so vieles wollte ich mich auch darüber nicht wundern, es war klar, dass er derjenige war, der letztendlich entschied, wo es hier langging.)

„Es gibt noch einen zweiten Saal", sagte Wilhelm, „der ist etwas kleiner, aber auch schon renoviert. Er ist in pastelligem Rosa und hellen Sand- und Weißtönen gehalten und hat einen Kamin, der noch funktioniert."

Ich drehte mich, den Kopf in die Höhe gereckt, um die eigene Achse.

„Siehst du die prächtigen Samtstühle vor dir, auf denen die vielen, vielen Besucher Platz nehmen werden, während das hauseigene Orchester auf der Bühne seine Instrumente erklingen lässt? Ich habe all das bereits gesehen, da waren diese Räumlichkeiten noch ein trauriger und peinlicher Anblick."

Ich konnte nur nicken, zu überwältigt war ich von diesem Anblick. Von draußen war, obgleich auch ein Teil der Fassade schon wieder hergerichtet war, nicht einmal zu erahnen gewesen, welches Juwel sich hier verbarg! Und noch beeindruckender war die Vorstellung von jenen Zeiten, in denen dieser Ort ein geschichtsträchtiger, gern und viel genutzter Schatz gewesen war, der den Reichtum seines Großherzogs verströmte und seinen künstlerischen Schützlingen Gelegenheit geboten hatte, sich und ihr Können zu präsentieren. Ein Ort des Amüsements, der großzügigen Verschwendung und eines schwindlig machenden Luxus'!

Ja, ich sah sie, die rauschenden Ballkleider, knisternden Rüschen und funkelnden Edelsteine, menschliche Dramen und Höhenflüge, Momente der Zerstreuung, Unterhaltung und des Miteinanders! Ich hörte sogar den Flügel, der bald wieder hier stehen würde, eine Melodie spielen, und die Violinen und Celli dazu! Wie war es möglich, diese ganzen alten Kräften erneut zum Leben zu erwecken, wo die besten Zeiten dieses Schlosses, das eigentlich eine Ruine war, doch schon seit Jahrzehnten und länger vorbei waren?

Wilhelm konnte das. Er nahm Geld in und Unterstützer an die Hand und gestaltete das alte Verlorene zu etwas Neuem um, das mindestens ebenso herrlich war wie das, was wir nur aus Büchern und Akten kannten! Und wenn Wilhelm auch gegenwärtig noch im baufälligen Marstall hauste, wo die Dienstboten vor Unzeiten ihre gleichförmigen und arbeitsreichen Tage verbracht hatten, so konnte doch der Tag kommen, an dem er die Kammer der Handlanger und Dienenden verlassen würde, um in diesen wundervoll gestalteten Sälen den Platz einzunehmen, der ihm schon immer zugestanden hatte!

Der Geruch nach frischer Farbe und altem Stein hing mir noch in der Nase, als wir die Prachtbauten verließen und zu unserem Gehöft zurückschlenderten. Zwischen den Wolken ließ sich hin und wieder die Sonne blicken. Sie hatte noch ein bisschen Kraft und wärmte uns die Schultern und Köpfe. Wir liefen an der zweistöckigen Remise, ebenfalls senfgelb und unrenoviert, vorbei, in der früher die Konditorei, die Wildbretkammer, die Schmiede und eine Waschkammer untergebracht gewesen waren, wie Wilhelm mir berichtete.

Würde hier auch künftig wieder Wäsche gewaschen werden, nun mit modernen Geräten, die gleichzeitig trocknen konnten? Würde ein Bäcker kulinarische kleine Herrlichkeiten backen und allmorgendlich appetitlich in seiner Auslage drapieren? Gärtner sich um die Beet- und Grünflächen kümmern, die jetzt – entweder völlig verwildert oder brachliegend – vor sich hin moderten? Der Blick in den bereits restaurierten Teil hatte mich einen winzigen Fitzel dessen erhaschen lassen, wie es sein konnte, wie es sein *würde*:

Und ich wollte einfach nicht mehr weg.

Der Stall empfing uns modrig und dämmrig nach all dem Glanz. Wilhelm nutzte einen Rest Wasser, um den Topf auszuspülen und einen Tee anzusetzen. Auch Tee hatte ich ihm mitgebracht, damit er eine Auswahl hatte. Es war nicht gerade der prickelndste Champagner, aber es sollte ihm zeigen, dass auch er immer eine Wahl hatte, wie begrenzt und klein seine Möglichkeiten auch wirken mochten. *Sei kein Opfer! Nimm deine Verantwortung in die eigenen Hände und entscheide Dinge selbst! Und wenn es nur die Wahl der Teesorte ist! Heute ist es der Tee, den du wählst – und morgen entscheidest du, wann, wo, wie und mit wem du leben möchtest!*

Meine Gedanken im Kopf drehten sich munter in verwirrenden Spiralen, aber immerhin, fiel mir auf, hatten sie sich wieder in Bewegung gesetzt! Bewegung war gut, denn Bewegung war das Gegenteil von Stillstand. Ich hatte viel zu lange in einer Position verharrt, in der meine Muskeln schmerzten und mein Verstand sich abschaltete. Meine Gefühle waren Würfel aus unnachgiebigem Eis, die laut klackernd durch meinen Schädel polterten. Es wurde Zeit, sie wieder in einen weicheren, vielleicht sogar flüssigen Zustand zu verwandeln.

„Nun weißt du, was ich vorhabe", brummte Wilhelm. „Jeder von uns hat eine Aufgabe im Leben und es wäre gut, herauszufinden, welche das ist, und sie dann nach bestem Wissen und Gewissen umzusetzen. Dieses Künstler- und Kreativzentrum aus der Taufe zu heben und die Voraussetzungen zu schaffen, damit es blühen und gedeihen kann, ist *meine*."

Zum Glück fragte er nicht nach meiner, denn ich hätte keine Antwort gewusst. Stumm schüttete ich Zucker in die Tassen und lauschte dem zunehmend heißer werdenden Wasser, bis es blubberte und siedete. Ich war immer noch ganz ergriffen von alldem, was ich gesehen und gehört hatte. Und ein bisschen neidisch, weil Wilhelms Vision ihm so klar vor Augen stand, dass er sie allen Widerständen zum Trotz einfach umsetzen konnte. Ich hatte noch tausend Fragen, etwa, woher die Leute etwas davon erfahren sollten, die er sich hier als Bewohner und Gäste wünschte. Ob es ein Marketing-Konzept geben würde und wer das umzusetzen gedachte. Welche finanzielle Basis dem Ganzen zugrunde lag, denn auch beispielsweise eine spendenfinanzierte Sache war so fragil, dass sich jemand vom Fach dessen annehmen musste, um langfristige Erfolge sicherzustellen. Doch es war nicht die rechte Zeit für Fragen, ich hatte irgendwie das unbestimmte Gefühl, dass Wilhelm mir alles sagen und erklären würde, wenn er den richtigen Zeitpunkt dafür festgelegt hatte. Ohnehin hatte ich die Erfahrung gemacht, dass er eine unbegreifliche Geduld an den Tag legte, wenn er weniger mitteilsam war. Er sprach dann einfach nicht und ließ diese Reaktion so natürlich und selbstverständlich erscheinen, dass man sich, auch, wenn man es anders gewohnt war, davon gar nicht mehr aus der Bahn werfen ließ. Wilhelm war der heimliche König des richtigen Augenblicks, der passenden Worte und der angemessenen Gelegenheit.

Viel Zeit hatten wir nicht mehr. Mein Mann würde in Kürze von der Arbeit kommen und mich zu Hause erwarten, weshalb die Zeit bis zum Abschied kaum noch für den Tee reichen würde.

„Ich habe mein Buch verloren", sagte ich deshalb, weil es mich quälte. „Das mit den Märchen."

Wilhelm füllte die Tasse mit dem heißen Wasser, ohne auch nur einen Tropfen zu verschütten. Er reichte mir jene mit dem Sprung – *meine* Tasse – und griff danach zu einem Buch in seinem Regal, das meinem im Müll gelandeten Exemplar zu Hause bis ins kleinste Detail glich. Es trug sogar dieselben Dreckspuren auf dem Einband, die von der Blumenerde stammten, und roch leicht nach Basilikum. Es war, als hätte Wilhelm in der Tonne gewühlt und mein eigenes Buch darin gesichert, um es mir zurückzugeben. Konnte er *wirklich* zaubern?

„Da trifft es sich ja gut, dass ich kürzlich ein Märchenbuch erstanden habe", erklärte er. „Du sollst doch auf keinen Fall deine Studien vernachlässigen. Sie sind der Schlüssel zur Freiheit, denn der Zugang zu deiner Fantasie muss unbedingt offenbleiben, wenn du eines Tages ein eigenständiges, glückliches Leben führen willst."

Ich ergriff das Buch und steckte es mit vielen Dankesworten in meinen Rucksack. Er schnitt mir mit einer Geste das Wort ab.

„Sorge einfach dafür, dass du fokussiert und zielstrebig bleibst, dann wird dir keine Aufgabe zu groß und kein Weg zu weit sein. Die Zeit des sinnlosen und traurigen Herumhängens ist vorbei. Und wir wollen sie hinter uns lassen, denn sie hat nicht dazu beigetragen, dich zufriedener zu machen. Einschränkende Fesseln muss man kappen, so wie ich es bei diesen Handschuhen tat. Vergiss es nicht: Jeden Tag ein Märchen. Das Lesen ist deine Medizin, du darfst keine Dosis auslassen, um zu heilen."

Gern wollte ich nicken und viele Worte sprechen, um meine Zustimmung und Bereitschaft auszudrücken. Doch wieder brachte er mich zum Schweigen, diesmal mit einem Blick aus seinen grauen Augen, die den Himmel dieses zumeist trostlosen Herbsttages glichen, hinter dem jedoch die Sonne und ihr atemberaubender Zauberglanz sich versteckten, wenn man genau hinsah.

„Du brauchst nichts zu sagen, es genügt, wirklich zu verstehen, mit allen Fasern deines Herzens."

„Okay. Bis bald", gab ich zurück, als mein Tee leer war, das Buch unter dem Arm, und machte mich auf den Weg. Ich würde mit der stuckverzierten Kuppel des Konzertsaals und den hübsch eingerichteten kleinen Appartementzimmern im Kopf heute schlafen gehen. Ich würde Musik hören, wo vorher Stille um mich herum gewesen war. Ich würde Farben und Goldglanz sehen, bis die Träume mich ereilten, vielleicht sogar meine eigenen, die mir etwas zu sagen hatten. Ich würde den Wünschen, die mich so enttäuscht hatten, eine neue Chance geben.

FÜNF

Wie zweidimensional und blass erschien mir Marcel im Vergleich zu alldem, was ich an jenem Tag gesehen hatte! Er wurde zur Randnotiz in einer Erzählung, die andere Hauptfiguren als ihn in den Fokus rückte, und nahm mir damit etwas von der Schwere von den Schultern, die ich sonst allein durch seine Anwesenheit fühlte.

Allerdings blieb unser Miteinander wie gewohnt nicht lange friedlich, weil es immer etwas zu sticheln und zu lästern gab. Es lag Streit in der Luft, der von einer deutlichen Gereiztheit herrührte.

„Du bist heute in der Innenstadt gesehen worden", empfing mich Marcel, als ich den Flur unserer Wohnung betrat und meine Schuhe auszog, bevor ich den Rucksack mit dem Buch im Jackenschrank verschwinden ließ. (Eines Tages, hatte ich mir vorgenommen, würden meine Schätze wieder im Wohnzimmerregal in meiner Nähe stehen und nicht mehr dieses triste Dasein im Keller, im Rucksack oder in einem Schrank führen müssen.)

Marcel holte den Rucksack wieder aus dem Schrank und prüfte seinen Inhalt, während er weitersprach.

„Andreas hat dich gesehen, wie du in einem Secondhandshop einen Kochlöffel aus Holz erstanden hast", erklärte er. „Wozu, Clara? Wo treibst du dich herum und wozu brauchst du einen Scheißkochlöffel? Und wo ist dieses Ding jetzt?"

Bis auf das Buch und meine Geldbörse war der Rucksack leer.

„Andreas muss sich geirrt haben", gab ich zurück, „vielleicht hat er eine andere Frau gesehen und mit mir verwechselt, weil sie mir ähnlich sah." Andreas war Marcels bester Freund und Kollege und er trug eine Brille wegen seiner Kurzsichtigkeit.

„Ja, klar", höhnte Marcel. „Sie sah aus wie du und trug auch zufällig einen grauen Mantel und einen roten Schal!"

Ich kramte in den Ecken meiner Erinnerung: War ich heute in der Stadt unterwegs gewesen? Nein, ich hatte nur Wilhelm besucht. Wir hatten einen Herbstspaziergang durch den Schlosspark unternommen und uns die wundervoll verzierten Konzertsäle angesehen, in denen bald die schönsten Veranstaltungen stattfinden würden. Von einem Kochlöffel wusste ich nichts – Wilhelm nutzte eine Kelle für die Suppen zum Rühren, weil er damit auch gleichzeitig ausschenken konnte. Andreas musste sich geirrt haben. Oder konnte es sein, dass Marcel mich belog und einfach eine Unterstellung erfand? Falls das der Fall war, dachte ich weiter, war es ja auch möglich, dass er mich in anderen Dingen belog, etwa, wenn er behauptete, ich sei wertlos und unfähig und nicht gemacht für diese Welt. Sein für mich stets in Stein gemeißeltes Urteil geriet ins Wanken, aber nur für eine Sekunde: Immerhin war hier gerade mein Erfindungsreichtum gefragt, um nicht Opfer von Spionage zu werden. Mein Territorium im Wald, meinen Rückzugsort, meine neue gefühlte Heimat musste ich um jeden Preis vor Marcels neugierigem Zugriff schützen! Er würde mir verbieten, jemals wieder dorthin zu gehen, wenn er herausfand, dass ich mich dort mit einem Menschen traf. Ganz besonders dann, wenn sich das Künstlerhaus entwickelte und dort noch viele andere Menschen zugange sein würden, die er in direkter Konkurrenz zu sich selbst empfand.

„Wie du siehst, ist hier kein Kochlöffel, also werde ich wohl auch keinen gekauft haben", gab ich so kühl, wie es mir gelang, zur Antwort. „Andreas muss sich vertan haben." Ich war heilfroh, dass die ganzen Gaben bereits bei Wilhelm im Regal stand und Marcel keine gefüllte Tasche bei mir gefunden hatte. Ich musste vorsichtiger sein.

„Ich weiß nicht, was du da Merkwürdiges treibst", sagte Marcel, „und bisher habe ich dich deine manischen Spaziergänge immer machen lassen, weil sie dich in einsame Gegenden führen und dein Gemüt zu beruhigen schienen. Zudem sollen frische Luft und Bewegung ja gesund sein. Aber zunehmend verstärkt sich in mir der Eindruck, dass du mir irgendwas verschweigst. Ist das so, Clara? Was tust du, wenn du da draußen bist?"

Ich erschaffe mir eine neue Welt, dachte ich, eine Welt, in der du keinen Platz hast. Eine Welt, in der Fröhlichkeit und Unbeschwertheit und Kunst wohnen. Eine Welt, in der ich mich geborgen und angekommen fühlen werde, weit weg von dir.

Ich antwortete:

„Ich gehe spazieren und genieße die Stille der Natur." Es war eine Lüge. Aber Marcel log auch! Er hatte mir eingeredet, dass ich ohne ihn nicht überlebensfähig sei – und das stimmte nun nicht mehr. Hatte es überhaupt je gestimmt?

Sicher, es war auf eine Art angenehm und bequem, dass es jemanden gab, der das Zepter übernahm, die Entscheidungen traf, das gemeinsame Leben organisierte und Hindernisse aus dem Weg räumte. Aber Bequemlichkeit und ein Sich-Einrichten in der Abhängigkeit sorgten auch für eine immer kleiner werdende Autonomie, bis das ganze eigene Dasein nur noch von Angst und Zweifeln beherrscht wurde. Wer konnte das wirklich wollen? Und gab man die Kontrolle nicht immer freiwillig ab? Es gab doch eine Wahl: Man konnte sich dagegen entscheiden und die Kontrolle bewahren. Oder sie sich zurückerobern, wenn man sie einmal verloren hatte.

„Clara, unsere Absprache ist eigentlich doch überhaupt nicht schwer zu verstehen", erklärte Marcel, der immer noch mit dem Rucksack in der Hand vor dem Flurschrank stand und mich anstarrte, während ich meinen Blick auf die Schuhe am Boden vertiefte.

„Ich kümmere mich um dich und sorge für alles und dafür bist du für mich da. Eine ganz simple Rechnung. Ich hoffe nicht, dass du irgendwelche seltsamen Bestrebungen spürst, die diese Absprache infrage stellen, denn für mich ist sie nach wie vor gültig und wird das auch immer sein! Dazu gehört, dass ich immer weiß, wann du wo bist und mit wem und dass du – im besten Fall – auf jegliche Fremdkontakte verzichtest, abzüglich derer, die zur Umsetzung deiner beruflichen Aufgaben vonnöten sind." Er legte eine Pause ein, während mein Blick über die Markensymbole der Turnschuhe glitt. Die Matte vor der Eingangstür war fleckig, ich musste sie bald putzen. Mir stieg der Geruch von Kürbissuppe in die Nase und ich konnte mich einer gewissen, plötzlich aufwallenden Zuneigung meinem Mann gegenüber nicht erwehren: Er hatte für uns gekocht, während ich mit einem fremden, möglicherweise zwielichtigen Typen einer wahnsinnigen Vision nachgejagt war. Meine frisch aufflammende Reue und Zuneigung hielten jedoch nicht lange an, denn bevor ich reagieren konnte, um mich zu erklären, zu verteidigen und zu beschwichtigen, fiel Marcel mir ins Wort:

„Ich lass dich überwachen, Clara", verkündete er. „Wenn ich nur den geringsten Zweifel an deiner Loyalität habe und glaube, dass du anderen Leuten und Dingen deine Aufmerksamkeit schenkst, die allein mir zusteht, dann stelle ich jemanden ab, um dir für eine großzügige Entlohnung nachzusteigen und zu überprüfen, was du da draußen in den Wäldern machst."

Was war das? Eine Drohung? Ein Bluff? Er konnte das freilich tun – es war nicht schwer und vermutlich nicht mal übermäßig teuer, einen Privatdetektiv oder entsprechenden Dienstleister zu engagieren, der mich auf Schritt und Tritt verfolgte, ohne dass ich es überhaupt auch nur merkte. Dann war mein kleines Abenteuer schneller vorbei als geahnt. Ich nahm mir vor, die Ankündigung zumindest ernst zu nehmen und immer mal wieder zu überprüfen, ob ich beschattet wurde. Er war dumm, mir davon zu erzählen! Auch Marcel war eben nicht perfekt, auch, wenn ich das lange gedacht hatte.

Ich schwieg, weil ich nicht wusste, wie ich reagieren sollte. Mich aufs Bitten und Betteln verlegen? Trotzigen Widerspruch zeigen? Ein Lügengebäude erbauen, hinter dessen Mauern sich meine heimlichen Aktivitäten noch eine Weile verstecken ließen? Nichts von alldem würde Marcel von etwas abhalten, was er sich vorgenommen hatte! Allerdings erschien es mir, als sei seine Drohung nur eine leere: Zwischen meinem Leben mit ihm und meinen Erlebnissen in der Schlossruine gab es eine deutliche Trennungslinie, die von keiner Seite überschritten werden würde. Mir war nicht klar, warum ich das wusste, aber mein Bauchgefühl sendete eindeutige Signale. Wie findig und gewieft mein Mann auch war, er würde mir nicht auf die Schliche kommen! Dieser neue Aspekt meines Alltags gehörte nur mir allein! Und falls es doch so war, würde ich – wie mir bewusstwurde – ihn gegen alles und jeden verteidigen!

Im Treppenhaus waren die Stimmen der Nachbarn zu vernehmen. Es wurde abgesprochen, wer die Kinder aus dem Kindergarten abholen würde und dass der Müll beim Weggehen doch bitte zur Tonne gebracht werden sollte. *Normale Menschen mit normalen Beziehungen und normalen Leben.* Sie waren so fern von allem, was WIR lebten!

Marcel hatte meine Geldbörse, nachdem er sie nach auffälligen Kassenzetteln durchsucht hatte, auf die Ablage neben die Schale gelegt, in der wir die Schlüssel aufbewahrten. Er sagte nichts zu dem Fakt, dass der am Morgen noch nicht angebrochene Fünfzig-Euro-Schein nicht mehr da war und von einem Zwanziger ersetzt worden war. Ich hatte also tatsächlich etwas gekauft. Aber was? Und wann und wo? Irgendwie war mir dieser Fakt über die Aufregung des Tages entfallen und ich trug ja auch nichts bei mir. Abgesehen von dem fleckigen Märchenbuch, das Marcel nun als letztes aus dem Rucksack holte. Er kräuselte die Nase und pustete heftig die Luft durch den Mund nach außen.

„Du hast dieses Drecksding aus dem Müll gefischt und schleppst es mit dir herum?", fragte er, sichtlich angeekelt. Schob das Buch wieder in die Tasche und warf sie in den Schrank. Poltern, Stille.

„Ich sehe dir seit vielen Jahren viele Macken nach", Clara", „angefangen von deiner Unfähigkeit, dich in meinen Freundeskreis einzufügen bis hin zu deinen Stimmungsschwankungen, deiner Antriebslosigkeit und deiner weinerlichen Art, die auch mir so manchen Tag vergällt hat. Aber dass du nun anfängst, Müll zu horten und dein Hirn mit dummer Scheiße vollzustopfen ..."

Pause, bedeutungsschwanger. Mein Herz behielt seinen gewohnten Rhythmus bei. Ich hörte die Worte wohl, aber sie lösten nichts mehr in mir aus.

„Du enttäuschst mich sehr, Clara."

Sein Blick eine einzige Anklage. Seine Stimmlage in einem Ton, als sei jemand gestorben, womöglich jämmerlich und viel zu früh. Augen, die wie eine Waffe waren. Ich dachte an das Schiefergrau von Wilhelms Iris, gebettet in das feine Geflecht aus erzählenden Furchen und Linien. Ich fühlte – gar nichts. Eine fast heitere Neutralität, die für eine große Erleichterung in meinem Inneren sorgte.

Das zarte Rosa zwischen dem wollweißen Stuck. Die kunstvoll geschnitzten Eingangstüren. Das hoch aufragende Gewölbe, das in seiner Pracht dem Sternenhimmel draußen gleichkam.

Eines Tages würden Kammer- und Orchesterkonzerte unter diesem Gewölbe stattfinden, vielleicht konnten auch vielversprechende Interpreten aus dem Pop-Rock-Bereich ihre Chance kriegen! Oder Lesungen! Autoren, die aus ihren Geschichten lasen und in Kontakt mit ihren Lesern kamen, verbunden über eine Erzählung, die jeden auf seine ganz eigene Weise berührte. Mir wurde heiß und ich fühlte, wie meine Wangen sich röteten. Egal! Für Marcel würde meine Freude wie ein Schuldeingeständnis wirken. Er konnte, frohlockte ich, in keinem Fall meine Gedanken lesen, sie gehörten mir. Wenn ich es verweigerte, sie mit ihm zu teilen, dann wurde sie nicht zu einem Bestandteil seines Seins, seines Denkens und Fühlens. Es gab einen Ort, wo ich vor ihm sicher war!

„Tut mir leid", sagte ich, weil er es erwartete, weil es unverdächtig war. Ich achtete darauf, mein Gesicht mit einem dazu passenden Ausdruck zu versehen. Doch im Inneren lächelte ich ein großes, verstecktes, wunderbares Lächeln, das rosa und stuckverziert war und von Geschichten erzählte, die bisher verschwiegen worden waren. Sie würden bald auf ihre Geburt drängen, die ersten leisen Anflüge von Wehen zeigten sich bereits. Wehen … Ein Hauch von Schmerz streifte mich, zu vage, um greifbar zu sein. Mein Körper erinnerte sich an etwas, das meinem Geist verborgen blieb. Ich griff mir an den Unterleib, bewegungslos, nicht mehr denkend, die Zähne aufeinandergepresst. Reißend, stechend, drückend – ein Untier riss an meinen Eingeweiden und ließ sich die schönsten Brocken genüsslich schmecken. Ich schwankte. Der Boden unter meinen Füßen gab nach, der Rucksack mit dem schmutzigen Buch, das mein Zentrum war, existierte nicht mehr. Ich sah Metall aufblitzen, roch Desinfektionsmittel, hörte Stimmen von Fremden, die sich im Raum befanden und gleichzeitig auf einem anderen Planeten zu sein schienen. Klappern, kalter Stoff unter dem Hintern, ein Papier, das zu unterschreiben war und unter schwitzigen Fingern zerknitterte.

„Kauf keinen Blödsinn mehr, Clara. Meine Kohle ist zu hart verdient, um sie für Kochlöffel und andere Unsinnigkeiten aus dem Fenster zu werfen. Und vor allem hoffe ich sehr, wir kehren nun auch nicht wieder zu dieser Phase zurück, in der du wie besessen Stofftiere und Spieluhren gekauft und überall im Haus versteckt hast."

Marcels Stimme legte sich wie ein eisiger Ring um meinen Hals. Schmerz schwebte in der Luft und zerschellte an unnachgiebigen Klippen. Ich roch den Tod. Ich roch Angst und Schmerz und

Verlust und sie kamen alle aus meinem eigenen Körper. Ja, an *diese* Phase erinnerte ich mich! Und auch daran, wie er all diese Stofftiere in grellem Rosa und Hellblau, mit langen und bunten Öhrchen und Schwänzchen, in hundert verschiedenen Arten und Ausprägungen, wutschnaubend auf einem Haufen gesammelt und dann im Garten angezündet hatte. *Sieh hin, Clara*, hatte er gerufen, die Stimme eine halbe Oktave zu hoch vor Zorn. *Sieh hin, was mit Krempel passiert, den du anschleppst, obwohl er hier nicht gebraucht wird!* Ich hatte in seinen Augen Tränen gesehen, während er im Rahmen einer grotesken Ostereiersuche durch das Haus gestürzt war und nach Plüschtieren gesucht hatte, als gelte es, einen Rekord zu gewinnen. Er hatte sie alle gefunden und verbrannt. Und er hatte mich gezwungen, dabei zuzusehen. Meine Augen waren trocken geblieben, wie eh und je. Aber mein Herz war auf dem Scheiterhaufen mit in Flammen aufgegangen und der Rauch hatte sich tief in meine Lungen eingegraben, um von dort nie wieder zu verschwinden. Ich spürte ihn bei jedem Atemzug und wusste doch nicht mehr, woher er gekommen war.

Würde er nun mit meinem Buch das Gleiche tun?

Ich hielt die Luft an, aber Marcel wandte sich ab und lief in die Küche, um nach der Suppe zu sehen, die bereits anfing, am Topfboden zu kleben. *Immer Ärger hat man mir dir*, murmelte er dabei vor sich hin. Rührte emsig, mit einem Kochlöffel, wie ihn Wilhelm nicht besaß. (Oder doch?) Das Thema war fürs Erste beendet und würde nicht vertieft werden. Jedenfalls nicht heute.

Ich ließ die Schultern sinken und verbannte das Gefühl *(Klingen, Feuer, Flammen, die sich in Stoff und Füllwatte fraßen)* in die hinterletzte Kammer meines Bewusstseins und machte mich daran, den Tisch zu decken. Zwei Teller, zwei Löffel, zwei Gläser. Immer zwei. *Nur zu zweit waren wir ganz.* Marcel bereitete Croutons zu und schaltete die Nachrichten ein. Die Nachbarskinder waren nach Hause gekommen und stampften johlend und tobend durchs Treppenhaus. Das Abendessen wurde serviert und sich einverleibt. Im Fernseher plärrte und plätscherte das Angebot dahin. Ich hielt mich an Rosa und Schiefergrau fest, bis wir zu Bett gingen. Und an den Gedanken an das schäbige Buch, das immerhin nicht aus dem Schrank verschwunden und auch nicht in Flammen aufgegangen war. Ein winzig kleiner Sieg für mich an jenem Tag.

SECHS

Der Kontrast hätte größer nicht sein können: Zu Hause die Stimmung geladen, missmutig oder angespannt. In Wilhelms wachsendem Paradies die ersehnte und dringend gebrauchte Auszeit:

Ich sah dabei zu, wie die Arbeiter hämmerten, sägten, strichen und unzählige andere Tätigkeiten verrichteten, um Stück für Stück aus der heruntergekommenen Ruine wieder ein vorzeigbares Anwesen zu zaubern. Sie hatten goldene Hände, denn unter ihnen wuchs der Traum eines Mannes, der mutig genug war, ihn zu leben.

Jeden Tag kam die Realität diesem Traum ein bisschen näher, man konnte bereits an vielen Stellen erahnen, wie es einmal hier aussehen würde. Auch Gärtner kamen – wie ich vorausgesehen hatte – und bereiteten durch einen rigorosen Kahlschlag und das Anlegen von Beeten- und Rasenflächen die Bepflanzung für den Frühling vor.

Die Zimmer im Wohnheim glichen einander im Aufbau, erhielten aber alle eine eigene Gestaltung: exotische Dschungeltapete hinter schnittigen Möbeln mit Messingbeinen, pastellfarbene Muster in Verbindung mit weich fließenden Stoffbahnen an Bettgestellen und über Sofas, samtene

Bezüge und Kissen in dumpf gedeckten Herbsttönen. Jedes Zimmer erschien in einem anderen Stil und enthielt eine winzige Küchenzeile, in der man sich heiße Getränke oder kleine Snacks würde zubereiten können. Die Toiletten und Duschen waren auf dem Gang, sie glänzten in marmorierten Fliesen in hellen Tönen, auf denen dann und wann ein Flamingo, eine Lotusblume oder eine andere kleine Besonderheit auftauchte. Gemeinsam mit Wilhelm durfte ich die Bilder für die Flure aus einer Fülle an herrlichen Kunstdrucken auswählen. Die Zimmer konnte jeder Bewohner selbst gestalten, sobald er sich häuslich niedergelassen hatte. Mir war irgendwie klar, dass hinter alldem eine unfassbar vielschichtige und aufwendige Organisation stecken musste, dass dieses reibungslos funktionierende Uhrwerk – die Bauarbeiten, die Finanzierung, des Marketings – deshalb so gut lief, weil sie in der Verantwortung eines sehr fähigen und fleißigen Mannes lag, der keinen Tag des Jahres ruhte. Aber Details erfragte ich nicht, in meinen Augen hätte dies den Zauber geschmälert. Und ich *wollte* Zauber – es war, wie aus einem Albtraum zu erwachen und festzustellen, dass man in einem behaglichen, kuscheligen Bett lag, in dem einem nichts passieren konnte.

Es war längst Winter geworden, als das Wohnheim fertig war. Weihnachten war gekommen und wieder vorbeigegangen, ohne eine Spur in meinem Gedächtnis zu hinterlassen. Dem Schnee hatte sich eine Phase des graubraunen Matsches angeschlossen, der eine trostlose Ödnis folgte, die kein Ende zu nehmen schien. Wir tranken noch immer unseren Tee im Marstall, der als letztes renoviert werden würde, und beobachteten voller Freude und Verwunderung, wie die Fassaden um uns herum wieder anfingen zu strahlen, die Wege neu gelegt und die Fensterrahmen ausgetauscht wurden. Es war unglaublich, wie viele Handgriffe und Tätigkeiten auszuführen waren, bis ein Ergebnis vorlag, das man sich vorgestellt hatte!

Wilhelm und ich lasen weiterhin Märchen, aber ich traute mich inzwischen auch an kurze, simpel gestrickte Bücher, erst aus dem Kinder- und Jugendbereich, bald aus der Erwachsenenabteilung. Es kostete mich manchmal Mühe, konzentriert zu bleiben, aber ich wollte es unbedingt! Ich begann von vorn, wenn meine Gedanken abschweiften und las manche Absätze fünfmal hintereinander, bis sie in meinem Inneren angekommen waren. Immerhin musste ich auch erkunden, welche Genres und Themen mich eigentlich interessierten, denn auch das wusste ich nicht mehr. Es war, als hätte es diese begeisterte Leserin, die sich stundenlang in eine Geschichte hatte vertiefen können, niemals gegeben. Ich musste mich als Leserin neu erfinden und manchmal brachte das Befriedigung, Erfüllung und großen Spaß mit sich, aber zuweilen war es auch ein Kampf, den ich nicht in jedem Fall gewann.

Wilhelm ersparte mir jeden Druck und überließ meine Entwicklung ihrem eigenen Tempo. Dafür war ich ihm sehr dankbar und ich liebte ihn noch inniger dafür. Ich tauchte wieder in erfundene Geschichten ein, ließ mich einwickeln und verzaubern, entdeckte Stil, Sprache, Ausdruck, Spannung auf vielfältige Weisen, eignete mir auch die Welt um mich herum wieder durch die Augen eines lesenden Menschen an. Es gab Momente, in denen ich durch ein Buch wieder ganz nah an mich selbst heranrückte und ein Gegengewicht fand, das mich von so mancher Last der Realität befreite.

Wilhelm und ich sprachen oft von dem Künstler- und Kreativhaus, das um uns herum entstand, aber hin und wieder diskutierten wir auch über Bücher, die wir gelesen hatten, tauschten unsere Meinung darüber aus, spannen Erzählungen fort oder erfanden eigene, nur so zum Vergnügen. Die Zeiten, in denen es mir schwergefallen war, mit

Rotkäppchen den bösen Wolf aufzusuchen oder träge und vollgefressen im Schlaraffenland herumzuhängen, hatten einer aufregenden Wissbegier und dem Hunger nach neuem Input Platz gemacht. Dieser Hunger erinnerte mich an jene Jahre, in der ich Marcel noch nicht gekannt hatte. Ich wurde dem Mädchen, das ich mal gewesen war, wieder ähnlicher, und gleichzeitig ließ ich es hinter mir, war ich doch bereits nahe an vierzig, weshalb *Aus*blicke – nicht *Rück*blicke – als Wegweiser an all meinen Straßen stehen mussten. Ich lernte, was zu lernen ich in den letzten zwanzig Jahren versäumt hatte.

Als die ersten Knospen zu erahnen waren und die Sonne gelegentliche Strahlen durch die aufreißenden Wolken schickte, die bereits erstaunlich gut wärmten, traf ich meine Chefin während der Mittagspause auf einer Parkbank. Vielmehr traf *sie mich*, denn ich hatte es mir zur Gewohnheit gemacht, die langen Pausen mit einem Buch zu verbringen, wenn das Wetter schön war und beim Schlendern mit dem Buch in der Tasche, wenn Niederschlag fiel. Immer hatte ich ein Pausenbrot dabei, aber ich aß es nie – es war eine Art stummes Ritual geworden, dass ich es Wilhelm nach Feierabend vorbeibrachte, der es sich langsam und genussvoll einverleibte.

Meine Chefin Sina ließ sich freundlich lächelnd neben mir auf der Bank nieder. Wir verstanden uns gut und die gemeinsame Arbeit gestaltete sich problemlos, doch private Belange wurden in der Firma eher außen vorgelassen. Deshalb war ich erstaunt, als Sina mich so geradeheraus ansprach:
„Sie sind ja zu einer richtigen Leseratte geworden", begleitet von diesem Lächeln, das mir zeigte, dass sie mich heute einmal als Person wahrnahm, nicht nur als willfährige Handlangerin, die ihr die Arbeit erleichterte. Ich klappte mein Buch, einen dicken Wälzer mit interessanten fantastischen Elementen, zu und blickte auf den Einband.
„Ja", sagte ich. „Lesen ist mein Leben." Es fühlte sich an, als wäre es nie anders gewesen. Das wunderte mich noch mehr. In meinem Bauch pulsierte es warm und flatternd.
„Es scheint Ihnen auch geholfen zu haben, Ihre Depression zu bezwingen", ergänzte Sina im betont lockeren Plauderton. „Keine Sorge, niemand weiß es von den Kollegen und von mir erfährt auch keiner was. Es ist zwar nicht mehr so, dass es an ein Tabu rührt, heutzutage sind psychische Erkrankungen ja fast schon gesellschaftsfähig und leider, muss man ja sagen, ziemlich weit verbreitet, aber offiziell wird natürlich nicht darüber

gesprochen. Hinter vorgehaltener Hand allerdings schon – und da kursieren ja immer wieder Gerüchte, wenn es einer Mitarbeiterin augenscheinlich so schlecht geht."

Ich legte mein Buch zwischen uns, um gefühlt ein bisschen Abstand zu schaffen. Das Thema war mir unangenehm. Wollte sie mir damit etwa sagen, dass alle im Betrieb von meinen Befindlichkeiten wussten, oder – Himmel bewahre – sogar von meiner maroden, hoffnungslosen Ehe? Dass hinter meinem Rücken über mich geredet und getratscht wurde? Spekuliert, ob ich an einer klinisch auffälligen Krankheit litt? Oder wann ich endgültig zusammenbrechen würde? Was war da wie und auf welche Weise durchgesickert? Ich erschrak, denn mir war nicht klargewesen, wie deutlich es mir anzusehen war, wenn es mir schlecht gegangen war. Niemand hatte mich darauf angesprochen, auch sie als Chefin nicht! Offenbar entsprachen die Schauspielkünste, die ich mir einbildete, gar nicht der Wahrheit.

„Die Kollegen kamen gar nicht umhin, zu merken, dass etwas nicht stimmt", sagte Sina und hielt das mauskleine, zarte Gesicht in die Sonne, womit sie mir gleich eine Antwort auf meine Fragen lieferte und das Verhalten der tratschsüchtigen Mitarbeiter rechtfertigte.

„Ihre hölzernen, steifen Bewegungen, Ihr leerer Blick, das fehlende Lächeln oder Lachen. Man konnte es deutlich sehen. Sie haben im letzten Sommer und Herbst sehr in sich gekehrt gewirkt, als würden Sie unablässig über etwas nachgrübeln. Und zum Steinerweichen traurig, als hätten Sie einen großen Verlust erfahren."

Verlust? Ich horchte in mich hinein. Da war nichts. Nur der große Felsen, um den herum sich meine Organe gruppierten, die sich längst an seine stumme, kalte Anwesenheit gewöhnt hatten. Ein Gefühl von Scham überkam mich. Sie hatten es alle gewusst, zumindest geahnt! Und ich hatte nichts gemerkt! Hatte gedacht, meine kleine Scharade tauge genug, um alle hinters Licht zu führen!

„Wir haben uns, ehrlich gesagt, etwas Sorgen um Sie gemacht." Sina strich sich das blonde Haar aus der Stirn und knöpfte ihre Jacke zu. Daran glaubte ich keine Sekunde. Sorgen? Eher wurden hier Neugier und Klatschsehnsucht befriedigt! Und dabei hatten diese fremden Menschen, mit denen ich arbeitete, ja nicht mal die ganze Wahrheit gesehen! Sie wussten nicht, wie es war, wenn ich den Weg aus dem Bett in den Alltag nicht schaffte und einfach liegen blieb, mir die Decke über das Gesicht zog und die einfachsten

Alltagsaufgaben nicht mehr schaffte. Sie sahen nicht, wenn ich mich verzweifelt vor dem Spiegel fragte, wer ich eigentlich war und warum ich hier an diesem Ort sein musste. Sie hatte keine Ahnung von Stunden, in denen rein gar nichts passierte und die sich wie Jahre zogen. Und von anderen, die so schnell vorbei waren wie ein Wimpernschlag, obwohl man sich gewünscht hätte, sie würden verweilen. Die ach so interessierten und besorgten Kollegen kannten nur mein künstlich aufgesetztes Sonntagsgesicht, für das ich mich wirklich ins Zeug legte! War sogar *das* so wenig überzeugend gewesen? Wusste Marcel etwa auch, wie es wirklich um mich stand? Das war gefährlich, denn Schwäche machte umso angreifbarer.

Wenn ich Pech hatte, fiel mir diese Sache auch noch derart auf die Füße, dass sie mich meinen Job kostete. Niemand beschäftigte gern einen miesepetrigen Depressiven, der eine unangenehme Stimmung verbreitete und keine volle Leistung erbrachte! *Aber was wollte*, schoss es mir durch den Kopf, *überhaupt die Depressive selbst?* Scheinheilige Kollegen, die sich unter dem Deckmäntelchen der Sorge das Maul zerrissen, statt konkrete Hilfe anzubieten? Oder vielleicht ein Arbeits- und Lebensumfeld, in dem die angeschlagene Seele eine Chance hatte, wieder gesund zu werden? Ich dachte an das Schloss, mein Paradies, und entschied mich dafür, mich nicht mehr um meinen Job zu sorgen. Sollte ich ihn verlieren, würde ein anderer kommen. Vielleicht an einem Ort, der mir nützte und diente und mir dabei half, zu erfahren, wer ich war und was ich wollte? Ein Gefühl von Leichtigkeit kam auf und ersetzte einen Teil des Drucks, der mir – wie mir in jenem Moment erst auffiel – seit Monaten und vielleicht schon Jahren die Luft zum Atmen genommen hatte.

„Sind Sie denn in Therapie?", fragte Sandra und nun war ihr Interesse nicht mehr das einer neugierigen Privatperson, sondern das einer Chefin, die abschätzte, wie zumutbar ich für ihren Betrieb noch war.

„Ich befinde mich in einer sehr erfolgreichen und innovativen Bibliotherapie", erklärte ich ihr, meinen eigenen Worten selbst glaubend. „Niemand braucht sich Sorgen machen, mir geht es gut. Ich hatte eine nicht ganz einfache Zeit, aber es geht bergauf."

„Okay." Sie nickte und starrte eine Weile in Richtung der spielenden Kinder schräg gegenüber auf dem Spielplatz. Wir ließen Passanten mit Hunden und Jogger an uns vorüberziehen und ich lehnte mich zurück und träumte mich in mein

Buch hinein, das ich spätestens heute Abend im Bett wiederaufschlagen würde.

„Leute, die viel lesen, schreiben ja selbst auch oft", nahm Sina den Faden des Gesprächs nach einer Weile wieder auf. „Schreiben Sie denn auch selbst Bücher?"

Ich brauchte einen Moment, um zu verstehen, was sie meinte. Der Gedanke war so abwegig, dass er sich in meinem Kopf kaum formen ließ. Ich, ein Buch schreiben? Wie absurd, wie lächerlich! Was hatte ich schon zu erzählen? Ich war schon mündlich nicht gerade der Star einer Party – wie sollte ich es dann schaffen, einen fesselnden Text zu entwerfen? Nein, nein, die Erschaffung eines literarischen Schatzes sollte besser jenen vorbehalten bleiben, die das Handwerk beherrschten und etwas von der Materie verstanden!

Also schüttelte ich den Kopf, wahrheitsgemäß.

„Auf so eine Idee bin ich noch nicht gekommen", schob ich nach, weil Sina offenbar auf mehr Informationen wartete. Noch während ich es sagte, sah ich mich selbst vor einem Laptop sitzen und wild in die Tasten hauen. Wenn man es genauer betrachtete, hatte ich doch eine Menge zu erzählen! Und sei es nur, um Finger in Wunden zu legen, die ich am eigenen Leib erlitten hatte, damit diese

Wunden nicht in Vergessenheit gerieten! Vielleicht auch, um zu ihrer Gesundung beizutragen?

Ich nahm mir vor, es heimlich auszuprobieren, nur so für mich. Das Schreiben, das so magisch fern und plötzlich doch irgendwie verlockend erschien. War das wirklich so schwer? Ein paar Wörter ergaben einen Satz, ein paar Sätze einen Absatz, ein paar Absätze ein Kapitel und ein paar Kapitel eine Geschichte. Warum sollte mir das schlechter gelingen als jemand anderem? Die Sprache war in mir genauso geschickt oder stümperhaft angelegt wie in jedem anderen Menschen, entscheidend war doch, was man aus dem Potenzial machte! Und um seine Möglichkeiten auszuloten musste man einfach mal etwas ausprobieren, eben anfangen! Oder etwa nicht? Ich ahnte, dass da etwas in mir schlummerte, das man vielleicht nicht unbedingt *Talent* oder *Gabe* nennen musste. Eher vielleicht – Lust auf ein Experiment? Etwas Neues, Schöpferisches? Die Freude daran, sich auszudrücken und mitzuteilen, nachdem ich viele Jahre lang einer eisernen Büste auf einer steinernen Säule geglichen hatte? Und es drängte nach draußen, wie ein Küken in einem Ei, das schlüpfen wollte.

„Vielleicht mache ich das ja eines Tages mal, ein Buch schreiben", sagte ich und meinte auch dies ehrlich. Dieses Gespräch war doch nicht für die Katz gewesen, es hatte mir eine neue Perspektive eröffnet.

„Das wäre doch bestimmt eine lehrreiche und spannende Erfahrung", stimmte Sina mir zu, die mit einem Blick auf ihre Uhr verriet, dass unsere Pause zu Ende war. Jedenfalls meine, denn Sina selbst machte Pause, wann immer sie Lust dazu hatte. „Wie auch immer, in jedem Fall stehe ich gern mit einem offenen Ohr und tatkräftiger Unterstützung zur Seite, wenn es mal nicht ganz so gut bei Ihnen läuft."

„Danke", sagte ich, beinahe automatisch. Mein Kopf war nicht mehr ganz anwesend. Er hatte sich schon auf Reisen begeben, um nach interessanten Geschichten und Stoffen Ausschau zu halten. Jener Prozess, den ich im Nachhinein „das Spinnen" nennen sollte, hatte gerade begonnen. Ich hatte es weder forcieren noch verhindern können, es geschah von selbst. Ich spann mich in ferne Gedanken und ersann Geschichten, die nach einem Ausdruck suchten, zunächst noch durcheinandergemischt und chaotisch, sich nach und nach ordnend und sortierend. Dieser Mittag auf der Bank neben dem Spielplatz war der Auftakt für mich, um fortan unermüdlich meine erzählerischen Spulen zu füllen, golden und bunt und ganz auf meine eigene Art, ein Rumpelstilzchen der Worte. Er war die erste Berührung mit jener Muse, von der Wilhelm so oft schwärmte, und nachdem sie mich einmal auserwählt hatte, sollte sie mich nicht mehr so schnell loslassen.

SIEBEN

Unser Zentrum suchten immer mehr Leute auf. Früher hätte ich gesagt, sie suchten uns nicht *auf*, sondern *heim*, weil ich befürchtet hatte, ich würde ihr Erscheinen ablehnen und hassen, weil es unsere stille Zweisamkeit störte und Unberechenbarkeit hineinbrachte, wo ich doch bisher Sicherheit gefunden hatte. Aber dem war überhaupt nicht so! Ich empfand die interessierten Neuankömmlinge spannend, fragte nach, wer sie waren, was sie machten, welche Vorstellungen sie mitbrachten, lauschte ihren Geschichten. Nicht nur, um meine eigenen im Kopf zu formulieren!

Es war wichtig, da genau hinzusehen, denn wenn unsere Gemeinschaft funktionieren sollte, spielte die Zusammensetzung eine große Bedeutung. Wilhelm verließ sich nicht nur auf sein eigenes Bauchgefühl in der Auswahl der künftigen Bewohner, sondern bezog auch *meine* Meinung in diesen Prozess mit ein, was mich sehr stolz machte. Wir lehnten etliche Anwärter ab, ohne dass wir genauere Gründe hätten benennen können, die logisch und nachvollziehbar waren. Manchmal stimmte einfach die Chemie nicht, das genügte uns. Mindestens ebenso viele

Interessenten – und mich erstaunte sehr, wie viele es waren, die kamen! – nahmen wir jedoch mit einem guten Gefühl und einem herzlichen Willkommen gern in unseren Kreis auf.

Die Treffen mit den potenziellen künftigen Mitbewohnern liefen immer informell und unterhaltsam ab, es gab Blaubeerkuchen und Kaffee und es wurde viel geplaudert und gelacht. Im Rahmen dieser Aufgabe lernte ich eine Menge schräger Leute kennen, die mit eigenartigen Tätigkeiten ihre Zeit verbrachten oder sogar ihren Lebensunterhalt bestritten, deren Erscheinung oder Kleidung von der Norm abwich und die von allerlei Erfahrungen berichteten, von denen ich nicht einmal träumen konnte. Sie hatten zu Fuß und mit Rucksack oder in einem umgebauten Bully die Welt bereist, auf Plantagen geschuftet, in Fußgängerzonen gebettelt oder sich in Fabriken an Fließbändern die Gelenke ruiniert. Manche von ihnen waren hochgeflogen und tief gefallen, von der elitären High Society in den bodensätzigen Schoß der Gesellschaft, in dem sie sich mit anderen Verlierern um die letzten Brotkrumen balgen konnten wie ausgehungerte Tauben. Einige hatten bereits bescheidene Erfolge in ihrem jeweiligen Bereich eingefahren, andere waren völlig unbekannt und hofften auf den großen Durchbruch. Ihnen allen gemeinsam war, dass sie sich eine Zeit des Verschnaufens vom Strampeln im gewöhnlichen Hamsterrad erhofften, eine Auszeit, die Gelegenheit und Inspiration zur Selbstverwirklichung und künstlerischen Gestaltung bot. Es gab Künstler und Kunsthandwerker aus allen Sparten, Aussteiger und minimalistische Umweltschützer, Exzentriker und verrückte Vögel, introvertierte Sensible und mitreißende Rampensäue. Sie entsprachen allen Altersklassen, sozialen Herkünften, beruflichen Vorbildungen, Geschlechtern, Hautfarben, Religionen und sexuellen Präferenzen. Ein bunter Strauß der Vielfalt, der mir die Eindimensionalität meiner bislang bekannten Umgebung nur umso deutlicher klarmachte. Sie alle hofften, in der Einsamkeit des Waldes, geschützt von den Mauern eines herrlichen Schlosses, unbehelligt von der Forderung, ein normales Leben bestreiten zu müssen, ihren wahren Leidenschaften nachgehen und sich ein tragfähiges Standbein aufbauen konnten, um dem gerecht zu werden, was das Leben jenseits des Broterwerbs eigentlich für sie vorgesehen hatte.

Ein Paar – *Er* ein wortkarger Poet, *Sie* eine Bildhauerin, die mit ausschweifender Gestik ihre Aussagen unterstützte – waren mit ihrer etwa elfjährigen Tochter angereist, um das Anwesen zu besichtigen und sich zwei der Zimmer im Wohnheim auszusuchen, die sie beziehen wollten, sobald das Künstlerparadies fertig war. Gleich würde es in einem der Hauptgebäude Kaffee und belegte Brote für uns alle und die Bauarbeiter geben, weil die inzwischen renovierte Mensa noch über keinerlei Möbel verfügte. Ich hatte bereits den Tisch gedeckt, Servietten gefaltet, ein paar Kerzen bereitgestellt, aber gerade gab es für mich nichts zu tun und ich erfreute mich an dieser ungefüllten halben Stunde, bevor der Nachmittag in anregende und fröhliche Gespräche übergehen würde, bis es Zeit für mich war, nach Hause zu gehen.

Während Wilhelm mit den Eltern die Örtlichkeiten besichtigte, wo die Skulpturen der Frau ausgestellt werden konnten und ihnen die geplante hauseigene Buchdruckerei zeigen wollte, (die den Autoren und Fotografen einen umweltfreundlichen und preiswerten Selbstverlag ermöglichen sollte), gesellte sich das Mädchen zu mir unter den Baum, wo ich mit meinem Buch in der Hand saß und in die Kronen der Bäume schaute. Sie war sehr zierlich und schmal und hatte zwei dürre Zöpfe, aber ein sehr harmonisches Gesicht mit erstaunlich schönen Zügen.

„Was machst du da?", fragte sie mich.

„Ich lese ein Buch", sagte ich und deutete auf den Band lustiger Tiergeschichten, der in meinem Schoß lag.

„Ich kann auch schon lesen", erzählte mir die Kleine, die interessiert das Gemälde auf dem Cover betrachtete, das ein Löwenjunges mit seiner Mutter zeigte. „Aber meine Mama liest mir auch abends immer vor. Märchen und Tiergeschichten mag ich sehr gern. Liest du mir auch etwas vor?"

Sie nahm neben mir Platz und kuschelte sich an mich, als sei ich eine vertraute Verwandte, in deren Gegenwart man sich ohne Hemmungen fallenlassen konnte. Es war auch keine Frage gewesen, sondern eine klare Anweisung, die keine Ablehnung duldete. Ich lächelte und suchte nach einer besonders schönen Geschichte, die ich mit ruhiger Stimme vorzutragen begann. Nachdem ich drei Geschichten vorgelesen hatte, wandte das Kind mir sein Gesicht zu, auf dem ebenfalls ein Lächeln stand.

„Du kannst das aber gut", sagte sie. „Du kannst ja alle Tierstimmen nachmachen, als wären sie echt."

„Danke", antwortete ich. Das Kompliment freute mich umso mehr, da es ehrlich war. Und weil ich daran dachte, dass eine Autorin mit einem fertigen, veröffentlichten Buch auch

Lesungen veranstaltete. Vielleicht konnte ich eines Tages eine solche sein? Menschliche Herzen und Hirne erfreuen mit dem, was ich aus meinem Kopf holte und auf Paper bannte? Gab es Talente in mir, die bisher brachgelegen hatten, weil sie einfach noch niemals entdeckt worden waren?

„Ich hab viel geübt, weißt du. Wenn man viel vorliest, dann wird man immer besser."

„Wem hast du vorgelesen?" Der kindlich unschuldigen Neugier fiel gar nicht auf, dass wir hier in die Nähe eines verminten Geländes kamen. Ich selbst spürte es sofort, an dem Satz, den mein Herz machte und an dem Schrei, der in Sekundenbruchteilen durch meinen Körper schoss, ohne meinen Mund zu verlassen. Dazu dieses balgende Löwenjunge auf dem Buchdeckel … Es schauderte mich. Ich *hatte* vorgelesen. Ich hatte *jemandem* vorgelesen! Es war …

Leere. Ein schwarzes Loch. Ein Riss im Universum, der alles verschlang und nicht mehr freigab. Ich hatte …

Die Stofftiere, die im Feuer zu einem stinkenden Klumpen zusammenschmolzen! Die Spieluhr, deren Schnur brutal herausgerupft wurde, auf dass sie nie wieder erklang! Weiße Farbe auf dunklem Grund, Schlieren nur, ein unwegsames Muster – ein Ultraschallbild. Ich sah ein Händchen, einen

Fuß, eine Nase, einen Hüftknochen. Winzig und doch unbeirrbar zielstrebig hatte es sich meinen Leib geschmiegt, (Hatte es das?), bis es alt genug sein würde, um selbst zu atmen, zu schmecken, zu schauen, zu leben. Aber dazu war es nie gekommen. Das Klappern der metallenen Instrumente löste die Melodie der Spieluhr ab und nachdem jeder Klang verloschen war, blieb nur die Stille übrig.

Ich hatte vorgelesen.

Aber ich hatte niemals beobachten dürfen, wie meine Stimme in den Schlaf wiegte. Ich hatte kein Händchen berührt und keinem Füßchen einen Schuh übergestreift – und doch trug ich dieses Wesen in meinem Herzen, obwohl es meinen Körper längst verlassen hatte.

„Was macht ihr denn Schönes?"

Wilhelms Stimme riss mich aus meinem Traum, von dem ich nicht wusste, ob er sehnsüchtig schön oder unerträglich grausam war. Er trug, wenn Gäste oder potenzielle Bewerber kamen, einen anthrazitgrauen Anzug, der seine ganze Erscheinung veränderte. Niemand zweifelte mehr bei diesem Anblick daran, dass er ein echter Macher war. Blieben wir unter uns oder packte er auf der Baustelle mit an, steckte er nach wie vor in seiner zerschlissenen Pennerjacke, an die er sich wohl zu sehr gewöhnt hatte. Für Außenstehende war er ein Mann von Format, der Mann von früher, der sich erfolgreich durchs Leben kämpfte und Ergebnisse schaffte, wo andere nur zweifelten und zauderten.

„Clara liest mir vor", erklärte die Kleine, der ich vielleicht nun öfters begegnen würde. Ich wunderte mich, dass sie meinen Namen kannte, aber vermutlich war er zwischendurch irgendwann einmal gefallen.

„Wie schön. Geh mit Mama und Papa schon mal in den Saal, Ida", sagte Wilhelm, sodass ich nun ihren Namen ebenfalls kannte. „Ihr könnt euch dort schon einmal an den Tisch begeben und die besten und leckersten Törtchen wegnaschen, bis wir nachkommen. Du kannst auch einen Kakao haben und ich schwöre dir, es ist der himmlischste und cremigste Kakao, der je deine Zunge berührt hat." Er wandte sich an die Eltern. „Gehen Sie gern vor. Meine Mitarbeiterin und Freundin Clara und ich haben noch etwas zu besprechen und folgen Ihnen gleich."

Sie taten, wie ihnen geheißen, die Kleine in der Mitte, die sie zwei-, dreimal „fliegen" ließen.

„Mitarbeiterin und Freundin?", wunderte ich mich.

„Genau deswegen will ich mit dir kurz sprechen, wobei ich glaube, dass wir uns rasch einig werden."

„Um diesen Laden zu schmeißen brauche ich eine zuverlässige und fähige Partnerin", erklärte er. „Jemanden, der organisieren kann, der ein Händchen für Menschen hat und ein Auge für das Schöne im Leben. Und da du ja inzwischen ein Buch schreibst – du hast doch schon damit angefangen, nicht wahr? – bist du sowieso ja auch eine Künstlerin, nämlich eine Schriftstellerin, oder etwa nicht? Du würdest also wunderbar hierher passen und …"

„Eine Schriftstellerin ist jemand, der ein Buch geschrieben und veröffentlicht hat, im besten Fall sogar verkauft. Jemand, der gelesen wird", widersprach ich. Ich konnte nicht anders. Ich war zu überrascht und freudig schockiert und brauchte diese Verzögerung, um mich zu sammeln. *Er wollte, dass ich hier mit ihm und den anderen begabten Menschen ein neues Leben begann!* Es war, als hätte das Schicksal all meine Träume und Wünsche zusammengeworfen, einmal kräftig umgerührt und daraus einen Eintopf gezaubert, den ich mir nun endlich schmecken lassen durfte!

„Jemand, der an einem Buch schreibt, ist ein Schriftsteller", widersprach Wilhelm in der ihm eigenen knurrigen Art und zündete sich eine Kippe an.

„Ich habe gerade mal drei Kapitel geschrieben, dabei sind schon Monate seit der ersten Idee vergangen!" Es war wirklich lächerlich, wie ich mich wand! Als ob die Definition, ob ich nun Künstler war oder nicht, eine Rolle spielte! Wilhelm wollte mich in seiner Nähe haben, mir gar Aufgaben übertragen, mich in seinen ganz persönlichen großen Traum einbeziehen!

Es gab nichts zu überlegen! Natürlich würde die Umsetzung nicht einfach werden, denn Marcel würde mir bei einer Trennung gewiss eine Menge Steine in Weg legen, aber wer zögerte noch, wenn ihm ein solches Angebot unterbreitet wurde? Ich würde alle Hindernisse mit Leichtigkeit aus der Schussbahn stoßen! Ich würde lesen und schreiben! Anpacken und an etwas Guten, Wertvollen mitwirken! Inspirierende Menschen um mich haben, die mich schätzen und mochten! In einer Umgebung mein Zuhause erschaffen, die mir Sicherheit, Schutz und Geborgenheit bot und darüber hinaus wunderschön war! Ich würde Konzerten und kulturellen Veranstaltungen aller Couleur beiwohnen, meine Tage mit Sinn füllen und in den Nächten Laternen der unbegrenzten Fantasie entzünden! Und all das hatte begonnen mit einer kleinen Porzellantasse voller Früchtetee, die einen Sprung hatte, zwischen den Mauern einer abrissreifen Scheune, in der sich Ratten behaglich eingerichtet hatten! Wie gut und wertvoll musste ich selbst wohl sein, wenn ich für diese Menschen hier als Bereicherung und Geschenk betrachtet wurde?

Wilhelm war kein Mann großer Diskussionen.

„Überleg dir einfach, ob du willst, und dann sag mir Bescheid", brummte er, bereits im Gehen begriffen. Er drückte die Kippe am Boden aus und steckte den Stummel ein. Seine Gäste warteten. Gäste, die vielleicht bald mit mir Zimmer an Zimmer wohnten? Die sich nach Feierabend mit mir zu einem Plausch oder zum gemeinsamen Seriengucken verabredeten? Deren Tochter ich vorlesen konnte, bis ihr die Augen zufielen?

„Natürlich will ich!", rief ich, weil ich keine Sekunde mehr brauchte, um mich zu entscheiden. Im Grunde hatte ich mich bereits entschieden, jeden Tag aufs Neue, indem ich meine laufenden Füße immer wieder an diesen Ort gelenkt hatte.

„Schön", sagte Wilhelm. „Dann sind wir uns ja einig. Herzlich willkommen, Clara!" Ein Freund großer Gefühle war er auch nicht.

Aber ich. Aber ich!

Ich jubelte und tanzte innerlich, während ich mit silbernen, filigran verzierten Tortenschaufeln Kuchenstücke auf Teller legte, Milchkännchen reichte, Tassen nachfüllte, Konversation betrieb, leichtfüßig und traumwandlerisch.

Manchmal gab es Momente im Leben, die eine neue, völlig ungewohnte Richtung einschlugen und dabei nichts ließen, wie es gewesen war. Man konnte sie im Nachhinein nicht ungeschehen machen, weil sie auch die eigene Persönlichkeit in ihren Grundfesten erschütterten. Dies war für mich ein solcher Moment. Aber wie wegweisend und unumkehrbar er sich mit einer unbeschreiblichen Macht auf mein Leben stürzte, das würde ich erst später merken. In jener Sekunde verspürte ich nichts als pures Glück und diese Emotion war so fremd und alt, dass ich keinen Tropfen von ihrer kostbaren Wirkung vergeuden wollte. Ich badete in ihr und wappnete mich in diesem Bad für das, was kommen mochte, wie Siegfried, der sich auf seinen Kampf mit dem Drachen vorbereitete.

ACHT

Den dünnen Büchern folgten die dicken, den simplen die komplizierteren. Im Frühjahr war ich wieder an einem Punkt, an dem Kafka, Hesse, Hoffmann und viele andere der vergessenen Klassiker erneut Eingang in meine Lebenswelt fanden: Ich erreichte ein zweites Mal im Leben den gefühlten Olymp des geneigten Lesenden und hatte nicht vor, ihn jemals wieder freiwillig zu verlassen.

Gleichzeitig schrieb ich parallel an meiner eigenen Geschichte und mir war, als hätte ich nie etwas anderes getan. Sie floss aus mir heraus mit einer Unbeschwertheit, die ich bei keiner anderen Tätigkeit im Leben jemals besessen hatte. Ob die Geschichte gut war, wusste ich natürlich nicht – aber sie entrang sich meinem Kopf und meinem Herzen, als sei sie schon immer dort drin gewesen und als sei es nur ein kleiner, unbedeutender Akt, sie in eine schriftliche Form zu bringen.

Ich bedauerte, dass die Druckerpressen, die längst angekündigt waren, so lang auf sich warten ließen, zu begierig war ich darauf, mein Machwerk endlich fertig in den Händen zu halten. Mit meinem eigenen Namen auf dem Cover. Ein

Herzensprojekt, das der Depression ihre Bühne gestohlen hatte, sodass sich diese ungeliebte Diva mit all ihrer Dramatik unwillig hatte zurückziehen müssen. Das Lesen und Schreiben und der Aufbau des Künstlerhauses beanspruchten meine gesamte Aufmerksamkeit. Für Marcel und seine nörgelnden Befindlichkeiten blieb nichts mehr übrig. Zwar gestaltete ich zum Schein mit ihm noch das übliche gemeinsame Leben, doch in Gedanken war ich weit weg. Wenn ich neben ihm lief, saß, lag oder mit ihm sprach, teilte sich mein Bewusstsein in einen sehr beschränkten Teil *Clara*, den ich ihm zur Verfügung stellte, doch ihm fehlte jede Tiefe und noch mehr Gefühl. Der echte, große Teil *Clara* verweilte ganz woanders und würde von dort auch nicht mehr zurückkehren.

Marcel spürte, dass ich ihm entglitt. Offenbar hatte sein Spion, wenn es denn einen gab, nichts Handfestes herausgefunden, was er mir hätte vorwerfen können. Das wunderte mich, weil der Ausbau des Künstlerhauses voranschritt und meine Verstrickung darin ganz gewiss nicht zu übersehen war, zumal ich dort viel Zeit verbrachte. Doch blieben seine Vorwürfe und Forderungen erstaunlich vage. Er schien auch zu spüren, dass alles, was er sagte, bei mir kaum noch verfing und das verunsicherte ihn.

Zuweilen wurde mein Mann freundlicher und sogar zuvorkommend, aber auch das berührte mich nur noch am Rande. Mein Herz schlug längst in einer anderen Dimension. Unsere ständigen Streitereien waren inhaltlich und thematisch von einer so öden Gleichförmigkeit, dass es mich kaum noch reizte, mich in sie hineinzubegeben. Und ein Zoff, der nur noch von einer Seite aus befeuert wurde, erreichte keine astronomischen Höhen mehr, vielmehr erstickte er auf halber Strecke, wie ein Feuer, das an Sauerstoffmangel zugrunde ging. Oft blieben wir mitten im Satz stecken und hatten uns plötzlich überhaupt nichts mehr zu sagen, zwei Fremde, die einander noch nie begegnet waren und nichts voneinander wussten.

Wir hatten gemeinsam gegessen – das Kochen und die Hausarbeit waren nun hälftig aufgeteilt, was ich mir so lange vergeblich gewünscht hatte – und ließen uns nun zum allabendlichen Fernsehabend nieder, als Marcel wieder einen Grund zum Sticheln fand.

„Du musst ja unglaublich viel herumlaufen", sagte er in einem Ton, der an süßsaure Essiggurken denken ließ, die sich nur schwer herunterschlucken ließen. Er zeigte auf meine nackten Füße, die auf der Sessellehne lagen. Ich sah, was er meinte: Alles voller Blasen. Sieben oder acht Stück, die auch schmerzten. Ich war nicht viel gelaufen – meinen Brotjob verbrachte ich am Schreibtisch und das Gelände von Wilhelms Paradies war so groß nun auch wieder nicht, zudem war ich geübt im Gehen und besaß hochwertige Schuhe, die sich dafür eigneten. Woher kamen die Dinger also? Ich wusste es selbst nicht, also schüttelte ich den Kopf.

„Keine Ahnung, wie ich mir die zugezogen habe."

„Vielleicht hängt es damit zusammen, dass du wieder und wieder von Leuten, die dich kennen, in der Stadt gesehen wirst?" Prüfend hochgezogene Brauen, schmale Lippen, die Augen nur Schlitze.

„Das kann nicht sein. In der Stadt war ich seit Monaten nicht." Das stimmte. Seitdem Wilhelm das Anwesen gepachtet und den Briefkasten reaktiviert hatten und seitdem die Gelder flossen, bestellte er alles, was wir brauchten – Baumaterial, Möbel, Ausstattung, Arbeitskräfte, Werkzeug, Lebensmittel und unzählige andere Dinge – über das Internet und ließ es sich anliefern. Längst bewohnte er im Haupttrakt ein schickes Büro – er brauchte keine Clara mit Rucksack mehr, die Dosenmahlzeiten und stilles Wasser anschleppte.

Marcel ließ mich nicht aus den Augen und dass ich offenbar an das glaubte, was ich sagte, nahm ihm etwas Wind aus den Segeln.

Im Fernsehen lief gerade eine öde Quizshow, die mich nicht im mindestens fesseln konnte, durchbrochen von quäkender Werbung für Katzenfutter, Damenbinden und Zahnpasta. Ich wandte den Blick vom Gerät und auch von Marcel ab.

„Etwas passiert mit uns, Clara", sagte er, und hätte ich nicht genau gewusst, dass er mir einst etwas Schlimmes angetan hatte *(Wirklich?)*, so hätte ich beinahe Mitgefühl mit ihm verspürt. So blieb jede Regung in meinem Inneren aus.

„Wir entfernen uns immer weiter voneinander", fuhr er fort, „dabei war ich eigentlich froh, dass es dir wieder etwas besser ging, nach dieser schweren Zeit im letzten Jahr, in der du wirklich kaum zu ertragen warst mit deinem trübseligen Blick und den tränenverhangenen Augen."

„Meine Augen waren nie tränenverhangen", widersprach ich, wohlwissend, dass meine Tränen ja als vereister Klumpen in meinem Schädel festhingen und ihre flüssige, fließende Form aufgegeben hatten.

„Du weißt doch, was ich meine."

„Woher willst du wissen, was ich weiß?" Ich richtete mich im Sessel auf und funkelte meinen Mann grimmig an.

„Hatten wir nicht einmal gemeinsame Ziele und Träume?" Nun zitterte auch seine Stimme, offenbar wollte er eins dieser Problemgespräche auf Biegen und Brechen durchsetzen, auf die ich schon lange keine Lust mehr hatte, weil er sich eh nicht die Mühe machte, sich in meine Perspektive einzufühlen. Abscheu stieg in mir auf.

„Wir hatten nie gemeinsame Ziele und Träume", giftete ich. „Es ging immer nur um das, was DU willst, was DU dir vom Leben vorstellst! Reisen, Abenteuer, Konsum und die Anerkennung von Leuten, die deine Einstellung teilten! Wo *ich* dabei blieb, war dir doch völlig egal!" Ich war wohl heftig genug in meiner Ansage, dass er keine Gegenrede wagte. Früher hätte es das nie gegeben! Ich wurde mutiger.

„Meine Gefühle und Gedanken spielten in unserem Leben zu keiner Zeit eine Rolle", vertiefte ich meinen Vorwurf. Der Auftakt zu einer handfesten Auseinandersetzung, in der wir uns Vorhaltungen gegenseitig an den Kopf knallten wie Tennisbälle. Schon so oft gehört und nie geklärt, waren sie gleichzeitig enttäuschend langweilig und ärgerlich nervenzerfetzend. Letzten Endes lief es sowieso immer darauf hinaus, dass *ich* es war, die alles falsch machte und dass es erheblich besser zwischen uns laufen würde, wenn *ich* mich mehr *anpasste*, mich mehr für seine Bedürfnisse *sensibilisierte*, mich mehr *bemühte*. Marcel wurde erst aggressiv und angriffslustig, dann bockig und einsilbig, schließlich jammernd.

„Ich mach doch alles für dich, Clara", äußerte er in weinerlichem Ton. „Ich schufte hart für unser Leben, ich kümmere mich in jeder freien Minute um dich, ich bleibe aufmerksam und versuche, Zeit mit dir zu verbringen!"

Wie hätte ich ihm begreiflich machen sollen, dass genau DAS mich so endlos nervte? Dass ich freien Raum brauchte, um eigenen Interessen nachzugehen und die Möglichkeit, zu experimentieren, um herauszufinden, wer ich war? Dass er mir nicht zuhörte, mich nicht wahrnahm, mir nicht auf Augenhöhe begegnete und dies alles auch nicht für wichtig zu halten schien?

Er war aber noch nicht fertig und weil ich darauf verzichtete, *meine* Vorwürfe zu wiederholen, weil er sowieso nicht darauf einging – dass er mich unter Druck setzte, mich einschränkte, mir das Gefühl gab, nichts wert zu sein, nicht mal ein eigenständiger Mensch zu sein – nutzte er die Gelegenheit, um noch mehr Frust loszuwerden.

„Du ziehst dich nur zurück, lehnst meine Freunde und meine Hobbys ab, lehnst schlussendlich auch mich ab! Verweigerst mir deine Gesellschaft und deine Nähe! Was ist mit dir los, Clara? Warum hasst du mich so?"

Ich wollte diese bösartige Unterstellung vom Tisch wischen und ihn am liebsten anschreien, dass ich ihn überhaupt nicht hassen würde, da fiel mir auf, dass es wahr war. Ja, ich hasste ihn! Ich hasste meinen Mann mit jeder Faser meines Körpers und mit jeder Zelle meines Geistes! Und alle Vorwürfe, unter denen wir uns wanden wie glitschige Würmer, waren nur Nebenkriegsschauplätze, welche die wahre Ursache unserer Entfremdung verschleiern sollten.

Bilder strömten auf mich ein, die mich in Situationen zeigten, die mir völlig entfallen waren. Es war, als hätte ein fremdes, übergriffiges Gegenüber ein Album mit Fotos geöffnet, die ich nie gesehen hatte, die ich auch nicht sehen wollte! Aber sie stachen deutlich und detailliert vom Grund ab und blieben in meinem Bewusstsein verhaftet, als ob ich gezwungen werden sollte, endlich einen Blick darauf zu werfen. Und sie wurden blutiger, unerträglicher, tiefgehender. Bevor ich es verhindern konnte, stand mir ein Bild vor Augen, dessen Aussage ich nicht mehr ignorieren konnte, wie viel Mühe ich mir auch bis dahin gegeben hatte, um es zu verdrängen. Ich sah ein winziges pulsierendes Herz hinter wächserner Haut. Ein Schlag, zwei Schläge, drei. Dann – nichts mehr.

„Du hast mein Kind getötet", sagte ich. Unemotional, unbeteiligt, mit einer mir unbekannten Stimme. *Das tastende Händchen in dunkler Erde. Das Füßchen, das mich von innen trat, aber niemals den Boden auf dem Spielplatz hatte kennenlernen dürfen. Ein Schrei, der sich aus keiner Lunge hatte herauskämpfen dürfen, weil dem kleinen Geschöpf zu wenig Zeit geblieben war, um überhaupt eine zu entwickeln.* Letztlich: Der kleine blutige Haufen, der aus mir herausgeglitten war, den man aus mir herausgezogen und herausgeschnitten hatte, mein Körper ein kaputtes Gefäß, meine Seele eine in hundert Fragmente zersprungene Ungeheuerlichkeit. Ich hatte es in aller Konsequenz gesehen. Ich vermochte es nicht mehr zu vergessen. Wie hatte ich das nur vergessen können?

„Es ging dir immer nur um dich selbst und obwohl du wusstest, dass ich mir nichts sehnlicher wünsche, als eine Familie und Kinder, hast du mein Kind getötet."

Ich hatte es ausgesprochen. Ich mied seinen Blick nicht mehr, ich zog keins meiner Worte zurück. Ich atmete ruhig und tief. Eigentlich, dachte ich, nun läge der Horror so pur und blank auf dem Tisch, dass es für mich nicht schwerer werden konnte. Aber das war, bevor Marcel, um sich zu verteidigen, eine Waffe herausholte und auf mich abfeuerte, die auch mein letztes bisschen Würde und Hoffnung noch in Fetzen riss.

Er schaute mich lange an und suchte nach den richtigen Worten, obgleich sie ihm auf der Zunge liegen mussten.

„Oh nein, Clara", sagte er dann, während die Kandidaten in der Quizshow eine Frage richtig beantworteten und das Publikum applaudierte.

„Dein Kind, wie du es nennst, es war nicht mal eins", sagte Marcel, jedes Wort wie eine Granate platzierend, „und du selbst hast es getötet."

Darauf gab es keine Gegenwehr. Wie sehr ich mir auch wünschte, er würde falsches Zeugnis reden: Was Marcel sagte, war die Wahrheit, jedenfalls auf die ein oder andere Art. Und so schaffte er es, mich gleichzeitig zu entwaffnen und niederzustrecken.

Das Kind, das niemals einen Sonnenstrahl erblickt und einen Vogel singen gehört hatte, blieb zwischen uns stehen wie ein Grabstein, der den Eingang zu einer Gruft verschloss, in die ich niemals hätte Einlass begehren dürfen.

NEUN

Seltsam, dass man manchmal durch das definiert wird, was nicht da ist. Einst hatte ich einmal eine Rolle gespielt, die mir auf den Leib geschneidert war, ich hatte sie mit meiner ganzen Persönlichkeit durchdrungen, bis sie zu einem Teil von mir geworden war. Doch erst, nachdem ich diese Rolle hatte abstreifen müssen, wurde mir langsam bewusst, wem ich *tatsächlich* entsprach. Und dieses andere Ich erklärte sich durch etwas Elementares, das nicht mehr existierte: Ich war mal eine Mutter gewesen. Oder ich hätte eine sein sollen. Ich hätte eine werden können und wollen. Heute war ich ein Mensch, der einmal eine Mutter gewesen war, eine hätte sein sollen, eine hätte werden können. Und wollen! Sonst nichts. Mein Selbst offenbarte sich durch eine Lücke, durch Leere.

Diese Leere konnte ich nur füllen, wenn ich mich auf der Baustelle des Kreativhauses aufhielt, die jeden Tag aufs Neue etliche Fortschritte machte. Beinahe konnte ich dabei zusehen, wie dem werdenden Zentrum neue Facetten hinzugefügt wurde, es reicher und vielfältiger wurde und immer mehr Menschen anlockte.

Einige von denen, die kamen, um sich umzuschauen, würden bleiben, viele andere als Gäste der Veranstaltungen und Käufer der Produkte immer wiederkommen. Ich verlor meine Scheu vor direkten Kontakten und führte erstaunlich erfreuliche, manchmal sogar tiefsinnige Gespräche über unzählige Themen, die mir manchmal ganz neue Perspektiven offenbarten. Ich beschäftigte mich mit Kultur und Kunst, mit Künstlern und deren Werken, entdeckte Dinge, die mir gefielen und andere, die mich nicht ansprachen.

Ich blieb meinen wiedergefundenen Büchern treu und erweiterte meine Liebe zur Literatur um das eigene Tun, denn in gleichem Maß wie das Schloss, das sich von der Ruine zu einer Kostbarkeit wandelte, wuchs auch mein Manuskript. Manchmal fragte ich mich gar, wie ich all die Jahre hatte leben können, ohne es auch nur einmal versucht zu haben, eine Geschichte zu schreiben. Ich war gut darin. Das Schreiben war gut zu mir. Das Schreiben war immer ehrlich und zärtlich zu mir, ohne gnadenlos oder aufdringlich zu werden. Es streichelte so manche Wunde, die nach wie vor in meinem Inneren vor sich hin gärte und die absonderlichsten verdorbenen Früchte trug, deren Aufplatzen ich fürchtete.

Die Frühsommertage verbrachte ich mit dem Laptop auf dem Schoß unter „meiner" Buche, den Marstall direkt im Blick, die Hauptgebäude in der Ferne. Ich trank kalte Cola und lauschte den Vögeln, die ihren vielstimmigen Gesang seit dem Winter hier erklingen ließen, nachdem wir ihnen Haferflocken in die Fensterbretter gestreut hatten. Die Fertigstellung eines Kapitels in meinem Buch ermöglichte mir eine kleine Pause, in der ich meine Gedanken schweifen ließ.

„Wie weit bist du mit deinem Text?" Wilhelm kam auf mich zu, unter dem Arm Papiere, vermutlich Bauzeichnungen und Entwürfe der Bereiche, die sich gerade in Arbeit befanden.

„Ich komme gut voran, allerdings ist noch völlig unklar, wie die Handlung am Ende ausgehen wird", sagte ich und stellte das Glas ins Gras. Er setzte sich zu mir, wie eh und je, wie damals in jenen grauen Tagen, die wir gemeinsam am Feuer verbracht hatten.

„Das wird sich zeigen, vertraue einfach diesem Prozess. Es ist gut, dass es dir leicht von der Hand geht, dann ist eine Fertigstellung in absehbarer Zeit ja nicht unwahrscheinlich. Die Druckerei kann in den nächsten Tagen auch loslegen und dann sollten wir uns etwas ranhalten, denn ich habe vor, dich mit deiner Geschichte ins

Eröffnungsprogramm aufzunehmen. Du könntest drei, vier Kapitel vorlesen, auch, wenn das Manuskript noch unvollendet ist. Sozusagen als Appetithäppchen."

Ich fühlte mich gleichzeitig geehrt und eingeschüchtert.

„Vor so vielen Leuten auf der großen Bühne?"

„Du kannst doch inzwischen sprechen! Hast hier schon mit so vielen Leuten geredet, Dinge erklärt, Fragen beantwortet, Smalltalk gemacht. Du bist nicht mehr das gehemmte kleine Mädchen, das sich permanent mit der Frage quält, was sein Gegenüber von ihm wohl halten mag!"

„Glaubst du wirklich, es interessiert die Menschen, was ich zu sagen habe?"

Wilhelm überlegte sich die Antwort gut.

„Ja", nickte er dann. „Ich glaube, dass es nicht bedeutungslos ist, was du der Welt mitzuteilen hast."

„Und wenn die Geschichte nicht gut ist?"

„Sie IST gut." Er sagte das einfach so. Er sagte es, weil ich ihm davon erzählt und Auszüge vorgetragen und diese ihn überzeugt hatten. Zweifel waren, wie Wilhelm schon vielfach betont hatte, fehl am Platz. Man brauchte sie, um seine eigene Arbeit selbstkritisch zu beurteilen und so gut wie möglich abzuliefern, aber wenn man offenen und ehrlichen Herzens sein Bestes gegeben hatte, dann waren Zweifel überflüssige und störende Gesellen, die man am besten ohne falsche Rücksichtnahme in die Wüste schickte.

„Als du das erste Mal hier aufgetaucht bist, warst du nicht einmal dazu in der Lage, einen einzigen Satz zu lesen und zu verstehen."

Ich nickte.

„Mein Kopf war wie zugenagelt und mein Herz … verkrampft. Meine Kunst oder wie man es nennen will, war wie eine Knospe unter einem Frostmantel, die sich einfach nicht öffnen wollte."

„Und jetzt tippst du Tag für Tag deine Gedanken in dieses Gerät, als hättest du nie etwas anderes getan. Bald wirst du den gedruckten Text, umgeben von einem hübschen Cover, in deinen Händen halten, und der Welt erzählen, was du ihr zu sagen hast. Und das ist nicht nur für die Menschen ein Geschenk, die es lesen werden, sondern vor allem für dich selbst."

„Das ist ein enormer Fortschritt, nehme ich an."

„Du kämpfst dich nicht nur aus der Dunkelheit empor ans Licht, sondern du benutzt diese Dunkelheit, um daraus etwas Kostbares entstehen zu lassen, etwas, in dem der Schatten eine Krone trägt, die heller strahlt als das Licht selbst. Er wird von einem angsteinflößenden Dämon zu einem Boten der Hoffnung."

„Hast du deine eigene Entwicklung auch so oder ähnlich erlebt?", wagte ich zu fragen, beflügelt von seinen anerkennenden Worten. Wir hatten bisher nicht über die Vergangenheit gesprochen. Wilhelm war für mich ein Wesen, das im Hier und Jetzt lebte, er maß dem Gestern und dem Morgen keine Bedeutung zu, die sie dem Heute hätten stehlen können. Aber natürlich war ich neugierig: Welche Art von Erfahrungen hatten meinen klugen, besonnenen und hoffnungsfrohen Mentor zu dem Menschen gemacht, der er war? Würde er meine Frage mit einer Handbewegung wegwischen? Ihr mit einer Ausrede ausweichen? Oder sie ernsthaft beantworten?

„Meine Geschichte ist gewöhnlich und nichts Besonderes, so oder ähnlich haben viele Menschen die Dinge erlebt", sagte Wilhelm. Er legte eine lange Pause ein, doch ich spürte, dass er weiterreden würde. Er hatte wohl lang nicht mehr über sein eigenes Leben gesprochen, vielleicht noch nie.

„Meine Geschichte ist ebenso tragisch wie banal", setzte er an und schob die Schirmmütze aus der Stirn, mit der er seine widerspenstigen grauen Haare gern bändigte. Ich lehnte mich an den

Stamm der Buche mit der ausladenden Krone und klappte den Laptop zu, um ganz und gar bei ihm zu sein. Schloss die Augen und war sofort mit meinem imaginären Blick bei dem, was er berichtete – eine typische Schriftstellerangewohnheit, wie ich vermutete.

„Ich hatte während der DDR-Zeit ein geruhsames, zufriedenstellendes und recht behütetes Leben geführt", erzählte er. „All die Jahre ohne große Höhen und Tiefen, wir wussten nichts von Stasi, Unterdrückung und Unfreiheit – wollten vielleicht auch einfach nichts davon wissen – und wir lebten unseren Alltag, so gut wie konnten. Wir waren zufrieden."

„Du und …"

„Meine Frau, Elsa. Kinder hatten wir keine." Er sprach in einem neutralen Ton, ohne großes Bedauern oder sonstige Regungen. Er schien jemand zu sein, dem es gut gelang, die Fakten so, wie sie nun einmal waren, zu akzeptieren, ohne die Realität immer wieder infrage zu stellen oder sich zu wünschen, sie sei anders.

Ich schwieg. Ich hatte auch keine Kinder – *oder doch?* Wie viel zählte ein halbes Kind - oder ein Viertel? Ein Zellhäufchen, das gerade erst im Bestehen begriffen war? Stand ihm dieselbe gewaltige Trauer zu, die ein voll ausgebildetes Kind verdient hatte? Es spielte, begriff ich, keine Rolle, wie es theoretisch vielleicht zu sein hatte. Entscheid war, wie ICH es empfand! Meiner Trauer war nur ein einziger Maßstab angemessen: Die Anzahl der Tränen in meinem Herzen.

Wilhelm fuhr fort:

„Nach der Wende verlor ich meine Arbeit, es wurden ja Firmen geschlossen und umstrukturiert. Ich und das, was ich konnte, wurde praktisch über Nacht überflüssig. Ich versuchte, mich anzupassen, absolvierte Weiterbildungen, schrieb Bewerbungen, nahm Abstriche und Einschränkungen beim Jobangebot in Kauf." Wilhelms Stimme war rauer und leiser geworden. „Aber es half nichts. Bis auf eine Handvoll befristete und mies bezahlte Tätigkeiten bekam ich keine Chance und keinen Fuß mehr in die Tür."

Ich lauschte. Sah ihn von Firma zu Firma laufen, mit den Bewerbungsunterlagen im Aktenkoffer, die Krawatte ordentlich gefaltet, das Hemd frisch gebügelt. Sah die Abteilungsleiter und Personalchefs die Köpfe schütteln, manche mit Mitgefühl, andere völlig gleichgültig. Ich sah, wie seine einst große und stolze Statur sich kaum merklich zusammenkrümmte und wie er immer gebeugter wurde. Die ersten Falten und graue Strähnen sich zeigten. Die Uhr lief laut tickend. Sein Tempo war zu hoch, um sich zu erholen, und er lief und lief, aber er kam nirgendwo an.

„Das ist nicht die Tragödie", sagte Wilhelm und schaute mich an. „Es klingt, als wäre sie es, aber die eigentliche Tragödie kommt erst noch."

Ich schluckte. Mir kam diese Lage schon sehr trost- und aussichtslos vor und ich konnte mir bestens vorstellen, wie sie einem Menschen den letzten Krümel Selbstvertrauen aus der Psyche zog.

„Ich fühlte mich alt und verbraucht, weil der Arbeitsmarkt mich abstieß und mir die Umstellung auf diese neue, fremde Gesellschaft einfach nicht gelang. Kämpfen müssen, um arbeiten zu dürfen und am Ende des Monats trotzdem nicht genug zum Leben zu haben, das war mir neu. Und auch, dass die Gesellschaft keine Verwendung mehr für mich hatte."

„Das ist doch verständlich." Ich reichte ihm die Cola, die inzwischen nicht mehr kalt war. Er nahm einen Schluck.

„An diesem Punkt hätte ich mich dafür entscheiden können, entweder weiter zu kämpfen, bis es einen Erfolg gegeben hätte oder die Dinge ohne Gegenwehr zu akzeptieren und nach möglichen Alternativen zu suchen. Wir haben nämlich immer die Wahl, Clara, weißt du? Wir können nicht mitbestimmen, was um uns herum passiert und welches Schicksal uns ereilt, welche Umstände unser Leben bestimmen oder wie die Menschen handeln, mit denen wir es zu tun haben. Aber wir bleiben Frau und Herr über unsere eigene Gedanken- und Gefühlswelt – wenn wir uns dafür entscheiden! Wir selbst können festlegen, wie wir mit den Dingen umgehen, ob wir uns von ihnen besiegen und zerstören lassen oder ob wir das Beste aus dem Blatt machen, das uns zugeteilt wurde!"

„Ich nehme an, du hast nicht das Beste aus deinem Blatt gemacht."

„Nein." Er schüttelte den Kopf, vollkommen in Gedanken versunken. Der Schmerz schien gegenwärtig zu sein und zeichnete sich nach all den Jahren noch in seinem Gesicht ab. Die Zigarette zwischen seinen Fingern rauchte unbeachtet vor sich hin. Asche fiel zu Boden.

„Ich ließ mich in meinem Selbstmitleid völlig gehen, verdammte mich und die ganze Welt, glaubte, ich sei das ärmste Schwein unter der Sonne, ein bemitleidenswerter Tropf, dem verweigert wurde, was ihm eigentlich zustand. Ich hing auf dem Sofa herum, kümmerte mich um nichts mehr, lud die Verantwortung für unser Einkommen allein auf den Schultern meiner Frau ab und erwartete, dass mich irgendwer oder irgendwas für den Verlust entschädigen würde, was natürlich nicht geschah."

„Auch nicht so leicht für deine Frau."

„Im Gegensatz zu mir gab sie mit ihrem Blatt ihr Bestes und darüber hinaus."

Wir beobachteten, wie zwei Amseln sich um ein paar Haferflocken stritten und laut krakeelend von dannen flogen.

„Elsa schrubbte viele Überstunden, um für uns beide das Geld zu verdienen, zu dem ich nichts beitrug und weil ich mich aus Stolz weigerte, die finanziellen Hilfen zu beantragen, die mir vielleicht zugestanden hätten. Sie schuftete sich den Hintern ab und es reichte trotzdem vorn und hinten nicht. Derweil verbrachte ich die Tage mit Nichtstun und Jammern und versaute noch ihre Stimmung, wenn sie müde von der Arbeit nach Hause kam."

Mitleid überrollte mich. Für die unbekannte Elsa, die in keiner einfachen Lage gewesen war. Für Wilhelm, weil ich nur gut genug verstand, wie schwer es manchmal war, den eigenen Schweinehund zu überwinden und Dinge wieder in die Hand zu nehmen, wenn man überzeugt davon war, alles, was man anpackte, erziele sowieso nicht die leiseste Wirkung.

„Ihr hättet Hilfe gebraucht", sagte ich. „Es war eine völlig neue Situation, die euch beide verunsichert und überfordert hat. Quäl dich deswegen nicht mehr. Du hast getan, was dir zu diesem Zeitpunkt möglich war."

„Nein, das hab ich nicht", widersprach Wilhelm. „Und damit habe ich die eigentliche Tragödie ausgelöst. Elsa schuftete so viel, dass sie völlig erschöpft war und an einem Novembertag, es war neblig, nass und eine schlechte Sicht – schlief sie auf der Heimfahrt von der Arbeit am Steuer ein und raste gegen einen Baum."

Mir fuhr der Schreck in die Glieder. *Sie war sofort tot*, so würde der nächste Satz lauten, wäre unser Leben ein Film oder ein Buch gewesen. Oh, bitte nicht!

„Sie war sofort tot."

Ich lege die Hand auf Wilhelms Arm und fühlte den grauen, steifen Stoff. Der Schmerz war noch da, ich konnte ihn spüren, unter der Haut, in den Knochen, im Blut, im Gewebe, aber er war sanfter als erwartet, vielfach im Herzen hin und her gewalkt worden, schlussendlich akzeptiert.

„Erst danach erkannte ich, was wirklicher Verlust ist", schloss Wilhelm. „Weißt du, ich hatte geklagt und lamentiert in einer Phase, die ich für unerträglich hielt. Und dann zeigte mir das Leben auf die harte Tour, was echter Schmerz bedeutet. Als ich dachte, ich läge am Boden, wurde ich tatsächlich noch von sanften, starken Armen gehalten, die ich weder wahrgenommen noch wertgeschätzt hatte. Und erst dann wurde ich brutal ins Nichts gestoßen, als sei es meine Lektion, Prioritäten anders zu setzen, meine Urteilsfähigkeit zu erweitern. Ich wünschte, ich hätte die Dinge damals klarer sehen und anders entscheiden können."

Er holte tief Luft und ich tat es ihm gleich.

„Ich will damit nicht schmälern, wenn jemand meint, er habe ein Recht auf sein Leid, wie auch immer dieses Leid aussieht. Das stimmt natürlich. Aber rückblickend würde ich doch behaupten, damals bestand immer noch ganz schön viel Potenzial für mein Leben, das ich nicht gesehen habe. Weder war ich dankbar für das, was geblieben war, noch habe ich die Ressourcen genutzt, die mir zur Verfügung standen. Ich habe Wege nicht gesehen oder verweigert, obwohl der Irrgarten des Lebens davon noch voll war, und sie gingen in die verschiedensten Richtungen. Nach Elsas Tod begriff ich, dass das, was ich für eine Tragödie gehalten hatte, bedeutungsloses Vorgeplänkel gewesen war. Und ich bereue wirklich, mein Urteil so radikal getroffen und durchgesetzt zu haben. Mein Leben war der Horror, behauptete ich – also wurde es wirklich zu einem Horror. Das Schlimme ist, dass man immer erst danach versteht, wenn überhaupt."

„Tut mir leid", quetschte ich hervor, mir wohl bewusst, dass diese Worte seiner Geschichte nicht gerecht wurden. Aber andere fielen mir nicht ein. Und mir lag noch mehr auf der Zunge: Dass auch zu diesem schlimmen Zeitpunkt, als er seine Frau verlor – und möglicherweise zumindest indirekt nicht ganz unschuldig – sein Leben immer noch nicht zu einem vollständigen Horror geworden war, jedenfalls nicht dauerhaft. Denn – ja, er trauerte tief, als viel zu früher Witwer. Und er hatte als Obdachloser dann auch den Anschluss an die Gesellschaft verloren und war gezwungen gewesen, in den primitivsten Verhältnissen zu leben.

Aber er war auch der Mann, der dieses Juwel hier bauen ließ, unter dessen Dach in Kürze fantasievolle und fähige Menschen zusammenkommen würden, um ihren ganz eigenen Traum von Gesellschaft zu leben.

Genau das sagte ich ihm. Ich glaubte uneingeschränkt an ihn und seine Vision, genauso, wie er immer daran geglaubt hatte, dass ich wieder würde lesen können. Eine andere Option hatte für ihn rundweg nicht zur Verfügung gestanden.

Mehr noch, er hatte sogar gesehen, dass das Schreiben in mir steckte und geduldig gewartet, bis es sich von selbst Bahn gebrochen hatte.

Doch Wilhelm schüttelte den Kopf.

„Ich bin nicht, wofür du mich hältst."

„Es war ein Unfall, für den du nichts konntest. Und selbst wenn dein Verhalten eine Rolle gespielt hatte, bei dem, was nachher passierte: Menschen machen Fehler. Es ist oft nicht absehbar, welche Folgen Handlungen haben. Es war ein Versehen, eben ein … Unfall. Niemand hat Schuld", fügte ich dann hinzu, um ihm zu zeigen, dass Scham- und Schuldgefühle nicht weiterbrachten, weil sie weder etwas änderten noch, dazu beitrugen, dass man mit dem Geschehenen zu leben lernte.

Aber war ich dafür überhaupt die geeignete Botschafterin? Was war denn mit *meiner* Scham und *meiner* Schuld? *(Diese kleinen Finger, denen es nicht gelang, meinen Daumen festzuhalten …)* Gestand ich mir selbst auch die Erlaubnis, Fehler zu machen, zu? Schlimme Fehler? Fehler, die nicht wiedergutzumachen waren? Fehler, die das ganze Leben veränderten, die zu Trümmern schlugen und zu Asche verbrennen ließen, was schön und wahr und gut hätte sein sollen?

„Ich habe meinen Frieden mit der Geschichte gemacht, denn eine andere steht mir für mein Leben nicht zur Verfügung", sagte Wilhelm. „Und es bleibt ja dabei: Auch nach dem wirklichen Horror – oder was ich dann dafür hielt – bleibt einem nichts übrig, als mit dem ausgeteilten Blatt in der Hand weiterzuspielen."

Die Cola war leer. In der Ferne streiften Grüppchen von Menschen in Sommerkleidung übers Gelände. Bauarbeiter pfiffen und riefen sich etwas zu. Es war *heute,* die Vergangenheit war geschrieben. Wir konnten nur von dem Punkt aus, an dem wir uns gerade befanden, weitermachen, und zwar so gut wir es vermochten. Das war alles.

„Ich habe dir meine Geschichte erzählt, um dir klarzumachen, dass du dir selbst nicht immer alles glauben musst." Wilhelm nickte, wie um sich selbst zu bestätigen. „Manchmal belügst du dich sehr überzeugend, ohne es überhaupt zu merken. Dann urteilst du zu hart und liegst in deinen Entscheidungen falsch. Das sind die wahren Dramen im Leben: Dass wir zu hart mit uns selbst und anderen Menschen sind. Dass wir uns von der Verbitterung beherrschen lassen, die uns blind für alles Gute und Schöne im Leben macht. Hätte ich mehr Verständnis und Zuneigung für Elsa und auch für mich selbst aufgebracht, mehr Nachsicht und die Bereitschaft zur Vergebung gezeigt, wäre vielleicht alles anders gekommen. Ich hätte womöglich Wege gesehen, die mir verborgen geblieben waren, und sie gemeinsam mit Elsa beschritten. Vielleicht wäre Elsa trotzdem gestorben – die Pläne des Schicksals kennen wir nicht und noch weniger können wir sie beeinflussen. Aber zwischen uns und um uns herum wäre dann Frieden gewesen statt dieses unseligen, ewigen Kampfes. Ich hätte dann sagen können: *Alles war gut.* Und ich hätte Dankbarkeit und Freude empfunden, die mich sicher etwas beflügelter durch den weiteren Lebensweg getragen hätten."

Wilhelm lächelte. Ich dachte, er würde nun nach meiner Hand greifen, wie ich es zuvor bei ihm getan hatte, aber er erhob sich und klopfte sich das Gras von der Hose, bevor er sich seine Papiere wieder unter den Arm klemmte.

„Glaub niemals, dass du ein schlechter Mensch bist, Clara. Dass du es verdient hast, zu leiden oder schlecht behandelt zu werden. Dass das Leben eine Revanche fordert für Fehler, die du gemacht hast. Du vergibst dir dann nämlich auch die Möglichkeit, all die guten und wertvollen Momente zu erkennen und zu nutzen, die dir bei allem Schlechten trotzdem bleiben, und das wäre doch wirklich zu schade. Mach es nicht wie ich, der eine gute und erfüllte Beziehung erst zu schätzen wusste, als sie ihm genommen wurde. Und das alles nur wegen eines blöden Jobs, fehlenden materiellen Erfolgen und ein paar Zahlen auf dem Konto. Es gibt immer etwas, das gut und wertvoll in deinem Leben ist. Verpasse nicht, es wahrzunehmen. Erfreue dich beizeiten an dem, was bleibt, wie wenig es auch sein mag. Und mach das für dich Beste daraus."

Ich wollte mein Laptop wieder aufklappen, aber ich verharrte, sah Wilhelm hinterher, der raschen Schrittes – gar nicht wie ein alter Mann und schon gar nicht wie der Penner, der er früher gewesen war – davoneilte. Dann fiel mir etwas ein.

„Ich halte sehr gern eine Lesung am Eröffnungsabend", rief ich ihm nach. "Ich werde zwar vorher vor Nervosität sterben, aber was soll's! Ja, ich mache es und ich gebe mein Bestes, um deine Vision so ansprechend wie möglich zu präsentieren und zu unterstützen!"

„*Unsere* Vision", gab Wilhelm zurück. „Ich bin doch schon lange nicht mehr allein – und du auch nicht!"

Und das war wahr. Ich nahm mir vor, es zu schätzen, jede Minute und jede Sekunde, in der ich es bei mir trug. Und darüber rollte sich auch der Schmerz in meiner Brust zusammen, fürs

Erste besänftigt und behaglich gebettet. Er hörte auf, ständig an mir zu nagen.

Ich ermöglichte mir selbst eine Ruhepause, wenn sie auch, wie ich noch nicht hatte wissen können, nur für einen Moment andauern sollte.

ZEHN

Ich hatte gedacht, ich hätte ihr vorlesen sollen, wie wir es schon einige Male getan hatten. Aber heute war Ida in einer anderen Mission unterwegs, wie bereits ihr grimmiger Gesichtsausdruck verriet, als sie auf mich zukam. Ich war gerade dabei, mir ein paar Notizen für meine Rede zur Lesung zu erstellen, und ließ hin und wieder meine Gedanken abschweifen, um mein kleines, neues, eigenes Refugium im Wohnheim im Geiste einzurichten. Gestreifte Vorhänge sollte es bekommen, zitronengelb und lindgrün, dazu einen flauschigen wollweißen Teppich vor dem riesigen Bett, das über die ganze Wandfläche reichte. Einen antiken Schreibtisch, schwer und riesig, wünschte ich mir, mit gemaserter Tischplatte und schwergängigen Schubladen, die sich abschließen ließen. Kerzen und Grünpflanzen, eine erlesene Auswahl köstlicher Teesorten, viele bunte Stifte, um Notizbücher und Lesejournals zu füllen. Auf der buntgemusterten Tagesdecke würde ein Stofftier sitzen, eines, das niemals in Flammen aufgehen durfte!

Ida stampfte auf mich zu und blieb direkt vor mir stehen, die Hände in die Hüften gestemmt.

„Wir werden nicht hier einziehen, sagen meine Eltern! Und du bist schuld!"

Ich stand auf und verlor augenblicklich mein imaginiertes Zimmer und auch die Rede aus den Augen.

„Was? Wie meinst du das?"

Sie funkelte mich unter ihrem blonden Pony böse an und es war klar erkennbar, dass es sie viel Kraft kostete, nicht direkt auf mich loszugehen. Die Intensität ihrer Empörung erschreckte mich. Sie blickte mich an, als hätte ich ihr etwas Schlimmes angetan und ihre Worte waren völlig unverständlich.

„Ich hatte mich schon so darauf gefreut, hier neue Freundinnen kennenzulernen, die vielleicht auch so gern malen wie ich! Wir hätten uns vorn am Brunnen getroffen und uns gegenseitig unsere Bilder gezeigt! Bestimmt wird es hier noch andere Kinder geben, die sich nicht für Sport, Klamotten, Schminke oder das Tablet interessieren, sondern mit mir gemeinsam die Brunnenfiguren anschauen, um sie nachher zu malen! Aber du hast alles kaputtgemacht!"

Ratlos und auch irgendwie innerlich alarmiert wollte ich zur Beruhigung meine Hand auf ihre Schultern legen, aber sie zuckte zurück und hätte vielleicht sogar in meine Finger gebissen, wenn ich sie dort gelassen hätte.

„Mein Vater sagt, wir suchen uns ein anderes Künstlerhaus! Und dann geht die Suche von vorn los, dabei hatte ich mich hier schon wirklich wohl gefühlt!"

Ich überlegte, wie viele andere Künstlerhäuser nach Wilhelms Vorbild es in Deutschland gab. Die Suche konnte in der Tat dauern und war vielleicht gar nicht von Erfolg gekrönt: Dieses Modell erschien mir einzigartig! Aber was hatte den Eltern so plötzlich ihren geplanten Aufenthalt vergällt? Und was hatte *ich* damit zu tun?

„Mein Vater sagt, wir werden auf keinen Fall unter einem Dach mit einer Kindsmörderin leben", fauchte das Mädchen mir entgegen. Ich begriff die Bedeutung ihrer Worte nicht sofort. Dann wurden mir mehrere Dinge gleichzeitig klar und die Wucht der Erkenntnis ließ mich nach Luft schnappen und taumeln: In der Tat hatte ich mein Kind getötet. (Irgendwie war mir diese schreckliche Tatsache schon wieder entfallen gewesen, als ob mein Bewusstsein ständig in einen trüben Teich eintauchte und nur ab und an mal wieder ans Licht gelangte, um sofort wieder unter Wasser zu geraten.) Und alle um mich herum wussten es, woher auch immer! Mein schmutziges kleines

Geheimnis würde mich auch hier entlarven und zur gemiedenen und verabscheuten Außenseiterin machen. Und dieses Kind war in etwa genauso alt wie jenes, das ich vor gut elf Jahren hätte zur Welt bringen können, wenn ihm genug Zeit geblieben wäre, um in meinem Leib heranzureifen. Dieses Mädchen, das da mit roten Wangen und mühsam unterdrückter Wut im Herzen vor mir stand und bebte, hätte meines sein können!

War es ein Mädchen gewesen? Ein Junge? Ich wusste es nicht. In meinem Schmerz hatte ich anfangs an eine Art geschlechtslose Elfe gedacht und später hatte ich es ganz vergessen. Unglaublich eigentlich – wie konnte man sein eigenes totes Kind vergessen? Gab es im Hirn einen Schutzmechanismus, der die Synapsen, die zu gefährlich wurden, einfach ausschaltete, bis man stark genug war, um sich mit ihnen auseinanderzusetzen? Und wann war dieser Zeitpunkt? Etwa jetzt? Es lief doch gerade alles so gut! Ich hatte das Lesen wieder für mich entdeckt, darüber hinaus sogar das Schreiben, das zu einer lebenswichtigen und freudigen Leidenschaft geworden war! Ich hatte einen Freund gefunden und war dazu eingeladen worden, mir in Freiheit und Geborgenheit ein Zuhause zu schaffen! Der Sommer stand in schönster

Blüte und der Winter war vorbei – oder etwa nicht?

„Ida, ich ..." Was sollte ich ihr sagen? Mich (schon wieder) verteidigen für etwas, das ich selbst tief bereute? Es abstreiten, sie beschwichtigen, lügen? Selbst aggressiv werden? Aus der Situation flüchten und die Kleine hier einfach stehenlassen? Beinahe tat ich es.

Aber mir war klar, dass ich dieser Konfrontation nicht für immer aus dem Weg gehen konnte. Ob es die kleine Ida war oder jemand anderes – oder vielleicht sogar auch nur der Teil in mir selbst, der mein eigenes Gewissen darstellte – irgendwann musste ich mich dieser Verletzung stellen und die Verantwortung dafür übernehmen. Ich hatte den Auftrag, wurde mir bewusst, mich endlich zu erklären. Einmal auszusprechen, was passiert war. Es selbst ausgiebig zu betrachten, es als Realität und als unumkehrbar anzuerkennen. Ich musste den Schmerz in die Arme schließen und in den Schlaf wiegen, wenn ich verhindern wollte, dass er mich auffraß. Ich würde sonst ewig auf der Stelle treten und auch in meinem neuen Zuhause von den Dämonen verfolgt werden, die ich hinter mir zu lassen geglaubt hatte.

Idas Silhouette, die mit dem Rücken zur Sonne stand, verschwamm vor meinen Augen und so wurde es mir leichter, so zu tun als spräche ich mit mir selbst.

„Ich hatte mir ein Kind gewünscht", sagte ich, hörte meine eigene Stimme wie aus weiter Ferne. „Aber Wünsche können trügerisch und falsch sein, denn in der Tat empfing ich eins, aber zu diesem Zeitpunkt stand das, was ich mir selbst wünschte, nicht mehr im Zentrum meines Universums. Schon da hatte ich die Befugnis über Entscheidungen an meinen Mann abgegeben, der mir stark und unfehlbar vorkam, im Gegensatz zu meinem unsicheren und wankelmütigen Wesen."

Das sollte keine Entschuldigung sein. Es war eine Erklärung dafür, in welchem Boden ich den Samen meiner Feigheit freiwillig hatte wachsen lassen.

„Marcel wollte kein Kind und wir hatten eigentlich auch verhütet, aber dieses kleine Geschöpf hatte sich gegen alle Wahrscheinlichkeiten und gegen unseren – seinen – Willen in mir eingenistet", fuhr ich fort, um Chronologie bemüht, um die Zusammenhänge selbst zu verstehen. Es war überlebensnotwendig, dass ich meine eigene Geschichte in eine Form brachte, die erzählt werden konnte. Die zersplitterten Fragmente zusammenfügte, damit ihre spitzen Kanten mich nicht weiter quälen konnten, indem sie unkontrolliert und wild in meinem Inneren herumflogen und dort überall in weiches Gewebe stießen.

Ida war immer noch wütend, wie ihre heftige Atmung verriet, aber sie hörte nun auch zu, vermutlich getrieben von allzu menschlicher Neugier und womöglich lauernd auf einen Grund, den sie ihrem Vater präsentieren konnte, um vielleicht doch noch hierbleiben zu können. Ich hoffte nicht auf ihr Mitgefühl – sie war eine Elfjährige, die um ihre eigene Welt kreiste. Aber ich *musste* erzählen, ganz gleich, wer mir gegenüberstand.

„Wir führten viele Gespräche, die sich immer im Kreis drehten. Marcel lehnte es ab, seinen gesamten Alltag für ein Kind zu ändern, er wollte arbeiten, reisen, frei sein, sein Leben genießen, sich nicht einschränken lassen. Daran hatte er auch nie einen Zweifel gesät, ich hatte seine Einstellung vor der Eheschließung gekannt und geglaubt, ich könne sie akzeptieren, sogar teilen. Nachdem ich ihn kennengelernt hatte, wollte ich einfach nicht mehr einsam sein. Aber dann war da dieses kleine Geschöpf in mir, dessen Herzschlag man auf dem Monitor sehen konnte. Die Möglichkeit, Kinder zu haben, war nicht mehr theoretisch und abstrakt. Ich wollte es zur Welt bringen. Ich wollte es sehen, berühren, behüten und großziehen. Ich fühlte ... Liebe. Aber das änderte nichts, denn unsere Abmachung bestand."

„Du hättest es allein zur Welt bringen und großziehen können", gab Ida von sich, aber ihre Stimme war nicht mehr ganz so voller Groll. „Viele Mütter tun das und kriegen ihr Leben ganz gut auf die Reihe."

„Ja", antwortete ich. Sie kannte all die Abers nicht, die mich damals unter Druck gesetzt hatten. Ein Leben ohne Marcel, wie er mir deutlich verkündet hatte, ein Leben vermutlich am untersten sozialen Rand der Gesellschaft, ein Leben in Abhängigkeit und Unfreiheit, war mir unerträglich erschienen. Ich hätte es wagen können und vielleicht wäre es mir gelungen, vielleicht wäre ich auch gescheitert. Die große Tragik meines Lebens war, dass ich es gar nicht erst versucht hatte.

„Ich habe mich Marcels Wünschen gebeugt und bin zur Abtreibung gegangen, die er mir als Bedingung für unsere weitere gemeinsame Zukunft auferlegt hatte."

Eine schlichte Tatsache. Ein roher Akt. Es klang so simpel und der ganze Vorgang in der Klinik hatte auch nicht mal eine halbe Stunde gedauert. Ein kundiger Arzt hatte mit geschickten Händen das *Problem gelöst*, das *Ärgernis beseitigt*, den *gewohnten Zustand wiederhergestellt*.

„Du hast recht, Ida. Ich *habe* mein Kind getötet, auch, wenn andere Menschen der Ansicht sind, es handle sich weder um ein Kind noch um eine Tötung. Es ist eine legitime Sache, die für viele Frauen in Notlagen die Rettung bedeutet. Aber für mich war es der Anfang vom Ende, weil ich mir dieses Kind eigentlich in meinem tiefsten Inneren doch gewünscht hatte. Was zu einer Erleichterung hätte führen sollen, wurde zu einem Verlust und mein ach so kostbares gewohntes Leben, für das ich dieses Opfer gebracht hatte, verlor danach seine Bedeutung für mich."

Ida erwiderte etwas, ich sah ihre Lippen sich bewegen, doch kein Ton drang an mein Ohr. Am Rande nahm ich wahr, dass der schöne Sommertag sich wie von Zauberhand in eine bedrohlich wirkende Gewitterkulisse verwandelt hatte. Am Horizont drängten sich dunklen Wolken zusammen, Wind warf die Blätter in der Baumkrone über mir durcheinander und die Luft war von einem unangenehmen Zwielicht erfüllt, dass sich irgendwie hinterhältig anfühlte. *Klassische Wettermetaphorik*, schoss es mir durch den Kopf. *Sollte nicht allzu oft in Büchern verwendet werden, nutzt sich ab und bedient Klischees.* Aber war ich selbst nicht auch ein Klischee? Sind nicht alle großen Dramen der Literatur und des Lebens sich ständig wiederholende Erzählungen in immer gleichen Bildern, die zu betrachten wir nicht müde werden? Leider oder – zum Glück?

Ida war gewachsen, sie stand mir noch gegenüber und war nun genauso groß wie ich, vielleicht sogar etwas größer.

„Du hättest auf mich aufpassen sollen", schleuderte sie mir entgegen. „Du hast mich weggestoßen und mir das Leben genommen! Wer weiß, was aus mir hätte werden können! Es stand dir nicht zu, mir mein Dasein zu stehlen! Du hättest immer eine Wahl gehabt, aber du hast eine falsche Entscheidung getroffen!"

Wer mag das beurteilen, wer *darf* das beurteilen, fragte ich mich. Schirmte die Augen vor den schräg stehenden Strahlen der Sonne ab, die mir in den Augen schmerzten. Dies war nicht mein Kind, auch, wenn es seine Worte aussprach.

„Du bist nicht in meinem Kopf", gab ich zurück, „du kannst unmöglich wissen, was ich fühle oder meine Entscheidungen bewerten! Das Leben, wie ich es führe, ist Strafe genug für meinen Fehler! Und bist du selbst frei von jedem Makel und jeder Sünde? Kannst du garantieren, dass du nie in eine vergleichbare Situation geraten wirst, in der gewohnten Strategien für Entscheidungen und deren Konsequenzen versagen?"

Es waren unsinnige Fragen, denn Ida war ein fremdes Kind – oder war es bis gerade eben gewesen – und selbst mir in meinem Kopfchaos war klar, dass mein unstrukturiertes Hirn dieses Mädchen, das eigentlich nichts mit mir zu tun hatte, als symbolische Stellvertreterin interpretierte, weil das echte Opfer meiner Fehlentscheidung keinen Zugang mehr zur irdischen Welt besaß.

Die neue Ida war nun erwachsen. Sie glich der Frau, die ich vor zehn, zwölf Jahren gewesen war, aufs Haar und hielt ein Neugeborenes, in eine Decke gewickelt und mit einer Häkelmütze bestückt, im Arm, das sie fest an sich drückte. Eine winzige Nase lugte aus den Stofffalten. Ich sah das Händchen. *Das Händchen*, wie es in hastigen, flüchtigen Bewegungen in der Luft rührte, als sei das Baby ein exzentrischer Dirigent, der dem gerade gespielten Musikstück unbedingt seinen persönlichen Stil verleihen wollte.

„Niemand hat dich gezwungen", schrie sie. „Keiner hat deine Hände und Füße gefesselt und sich mit Instrumenten an dir vergangen, um dir gegen deinen Willen das Ungeborene herauszuschneiden! Niemand hat dir KO-Tropfen verabreicht oder dich nach dem Aufwachen aus der Narkose vor vollendete Tatsachen gestellt! Du kannst nicht deinen Mann vorschieben oder den

Arzt, den lieben Gott oder den Teufel! Stell dich dem Fakt, dass du selbst es warst, die dein Herz den Monstern zum Fraß vorwarf! Und höre auf, darüber zu klagen, wenn du doch genau in diesem Sinne entschieden hattest!"

Ich wollte auf sie zugehen, aber ich wusste nicht, ob mein Ziel war, sie zu schlagen, ihr das Kind wegzunehmen oder etwas ganz anderes zu tun. Ich hob besänftigend die Hände, weil sie zurückwich, das Bündel fest an die Brust gepresst.

„Auch, wenn ich damals so entschied, weil es mir richtig zu sein schien, habe ich doch auch das Recht, meinen Verlust zu betrauern", sagte ich. „Das bedeutet nicht, dass ich die Verantwortung dafür auf einen anderen Menschen abwälze oder meine Trauer Heuchelei wäre! Es geht beides", schloss ich, nun tränenerstickt. „Bereuen UND es hinter mir lassen! Ich darf trauern, denn ich fühle Schmerz, ganz gleich, ob ich selbst ihn verursacht habe oder nicht. Und ich muss wieder leben, auch, wenn ich etwas Unverzeihliches getan habe!"

Ich war auf die Knie gesunken, während die blauschwarze Wand aus Wolken in Rekordgeschwindigkeit näher glitten. Bald würden fette Tropfen sich mit dem in den Ästen pfeifenden Wind zu einem unheiligen Duett mischen und ich bis auf die Haut durchnässt werden. Ich rechnete damit, dass Blut oder Pech auf mich herniederregnen würden, jedenfalls eine wohlverdiente Reaktion auf das, was ich damals und seitdem getan hatte. Denn es gab nichts wiedergutzumachen. Selbst, wenn ich Marcel, der mir damals doch eine Pistole auf die Brust gesetzt hatte, verließ – mich selbst konnte ich nicht verlassen!

„Gar nichts darfst du, nicht leben und schon gar nicht trauern! Dieses Recht hast du verwirkt! Trauern dürfen jene, denen entrissen wurde, was sie verzweifelt liebten! Du hast im besten Wissen in den Müll geworfen, was dir geschenkt worden war!" Idas Stimme war schrill, ging aber trotzdem teilweise im Wind unter und kam nur noch abgehackt bei mir an. Ich sah sie bereits mit dem Baby im Arm davonfliegen und wollte sie festhalten und gleichzeitig fortstoßen. Mir wurde klar, dass ihre Stimme eben der entsprach, die mir schon seit Urzeiten durch den Kopf geisterte. Sie war immer da, im Hintergrund – zu leise, um sie bewusst wahrzunehmen, zu laut, um ihre Existenz zu negieren.

„Lass mich einen Blick darauf werfen", bat ich, weil ich wusste, dass die Welt um mich herum gleich zusammenbrechen und in Trümmern versinken würde. „Ich möchte wissen, wie es aussah, um es in Erinnerung zu behalten." Ich griff nach dem Kind.

„Oh nein, du wirst es niemals zu Gesicht bekommen! Es ist an einem Ort, an dem dein böser, egoistischer Arm nicht hinreicht!"

Ida enthielt mir das Bündel vor, ich vernahm nur ein leises Glucksen. Die Windböen wurden heftiger, selbst die dickeren Äste schwankten.

„Du wirst niemals Kinder haben, denn inzwischen bist du dazu viel zu alt! Arme, traurige, einsame Clara", höhnte sie. „Clara, die es verpasst hat, Buße zu tun! Wenn du deinen starken heiligen Mann verlierst, wirst du letzten Endes doch allein zurückbleiben! Deinen Lebensabend verbringst du ohne Gesellschaft, ohne eine Berührung, ohne ein Lächeln! Und wenn du eines Tages gehst, dann wird nichts von dir bleiben! Du hättest es anders haben können, doch du wolltest es so! Aber dein Opfer war umsonst, denn am Ende wartet immer die Einsamkeit!"

Ida schwankte im Wind. Ihre Kleider wehten um sie herum, ihre Zöpfe knallten ihr gegen Stirn und Kinn. Ihr Gesicht war rot von der Kälte und dem Zorn. Erste Tropfen fielen platschend auf Gras und Stein, gleich würde die ganze Wiese zu einem Schlammloch werden. Konnte gut sein, dass wir alle dort versanken und vielleicht war es gar nicht die schlechteste Idee, sich vom Morast verschlucken zu lassen. Dankenswertes Vergessen.

Ich wollte Ida sagen, dass auch Menschen, die durchaus Kinder haben und liebevoll großziehen, zuweilen ihren Lebensabend trotzdem allein verbrachten und nichts hinterließen, weil ihre Nachkommen durch Unfälle oder Krankheiten verstarben oder sich im Lauf des Lebens abwendeten. Garantien gab es für niemanden, nur Hoffnungen.

Ich tat es nicht, weil es nichts gab, was Ida hätte überzeugen können. Und dennoch wurde ich mir dessen langsam sicher: Schmerz konnte und durfte nicht bemessen und bewertet werden. Er war ein Fakt und mit Fakten musste man umgehen, weil sie nicht einfach aus der Welt zu zaubern waren. Am besten auf eine Art, die das eigene Überleben sicherte. Ich *konnte* und ich *durfte* trauern, über mein furchtbares Gewissen hinweg! Ich war eine Mutter, die ihr Kind verloren hatte, gleichgültig, wann, warum oder wie.

Ein ohrenbetäubender Donnerschlag folgte auf einen grellen Blitz und zerriss jegliche weitere Gesprächsmöglichkeit. Entsetzt sah ich, wie es Ida von den Füßen riss und wie sie mit dem Kind im Arm von einem übermächtigen Windstoß in die Luft gewirbelt und davongetragen wurde. Sie entglitt meinem Blick und verlor sich hinter den

Wolken. Das Letzte, was ich vernahm, war das zaghafte Wimmern eines Säuglings.

Und dann spürte ich Hände an meinem Arm. Ich lag auf dem Rücken. Zielstrebige und warme Hände schoben meinen Ärmel nach oben, legten sich auf meine Stirn. Gütige, graue Augen. Ich blinzelte, obwohl mir die Kräfte zu schwinden schienen, als hätte mir jemand Drogen oder ein Medikament verabreicht.

„Schon gut", hörte ich Wilhelm sagen. „Es ist keine große Sache. Wir kriegen das zusammen hin. Es ist alles i. O." Er sagte es genau so: *i. O.* Ich wollte weinen vor Erleichterung, weil er da war und weil das Gewitter gewiss nicht ewig dauern würde, aber aus meinem Mund kam kein Laut und meine Augen waren genug damit beschäftigt, nicht immer wieder zuzufallen.

Ein feuchtes Pad wurde auf meine Haut gerieben, ich roch Desinfektionsmittel. Der Piks in die Beuge, wieder die sanften Fingerspitzen auf meiner Stirn, die mir das Haar aus dem Gesicht strichen. Kein Urteil, kein Vorwurf, nur Mitgefühl und eine Handvoll menschlicher Wärme.

Als ich Wilhelm am Handgelenk packen wollte, um zu verhindern, dass er mich losließ, dachte ich daran, dass er mich niemals berührt hatte. Es hatte immer irgendwie eine unsichtbare Schranke zwischen meiner und seiner Welt gegeben, die nicht zu überwinden war. Ich starrte ihm ins Gesicht, während seine Züge sich verschoben. Nur das klare, kluge Grau der Augen blieb bis zum Schluss erhalten, alles andere veränderte sich auf eine Weise, die mir Entsetzen einflößte.

Dann lag ich auf der Liege in dem Behandlungsraum des Arztes, der damals den Abbruch an mir vorgenommen hatte, professionell und kompetent, freundlich und neutral, ein bisschen tröstend sogar. ER hatte diese grauen Augen besessen! ER war es gewesen, der meine Hand gedrückt hatte, als ein, zwei heimliche Tränen ins Kissen sickerten. Um mich herum waren Instrumentenschränke, ein Schreibtisch, ein Fenster, graue Tapeten, ein Raum ohne Bedeutung. Der Baum vor dem Marstall und das prächtige Parkgelände waren verschwunden, ich sah nur noch einen mittelmäßigen Kunstdruck an der Wand, der einen Baum vor einem alten, halbverfallenen Schloss zeigte, mit einer einladenden Krone in einem leuchtend grünen Farbton. Eine Assistentin, die nicht sprach, beugte sich über mich, um dem Arzt etwas zu reichen, ihre beiden Zöpfe baumelten in mein Gesicht und streiften meine Haut. Das sanfte Klingen und Klirren metallischer Instrumente. Ein softer Windhauch durchs gekippte Fenster, der nichts vom Frühling erahnen ließ, aber die blassgelben Gardinen bauschte. Das Buch, das mich bis zur OP hatte ablenken sollen, rutschte mir vom Schoß und schlug mit einem kleinen Knall auf dem Boden auf, von wo ich es hernach nicht mehr aufheben würde, weil ich für sehr lange Zeit kein Buch mehr anfassen mochte.

Wilhelm war fort. Und bald verlor auch ich das Bewusstsein.

ELF

Ich erwachte in diesem Zustand, den man Realität nennt und der manchmal schwerer zu ertragen ist als jeder noch so furchtbare Albtraum. Mein Rücken war steif, mein Kopf schmerzte – ich war wohl gefallen und lag, das Haupt auf ein Kissen gebettet, in der dämmrigen Kühle des baufälligen Schuppens, in dem ich mit Wilhelm die Suppe gegessen, Tee getrunken und Märchen gelesen hatte. Das Fenster über mir ließ nur trübes Licht herein und mein Auge registrierte wohl, dass an den knorrigen Ästen der Bäume kein einziges Blättchen hing. Mein Auge sah, doch mein Verstand konnte nicht folgen.

Was war passiert? Und wo war Wilhelm so schnell hin verschwunden? Was war mit Ida und dem Baby? Ein Streit … Ein Sturm … Ein Akt in einer Arztpraxis … In meinem Kopf ging alles durcheinander.

„Ja, wir haben sie hier gefunden", hörte ich eine Stimme sagen. „Spaziergänger sind zufällig auf sie gestoßen … Es sieht so aus, als habe sie hier gehaust … Obdachlos sieht sie nicht aus … Ja, eine Decke, Schlafsack, etwas Geschirr, viele Bücher. Die Spaziergänger haben die Polizei gerufen, weil sie verwirrt wirkte, und dann uns. Wir bringen sie erst mal …" Das Knarzen und Quietschen eines Funkgeräts. Stimmengewirr, drei Köpfe beugten sich über mich. Unbekannte Menschen, besorgte, sogar angsterfüllte, mitleidige Gesichter. Ein Mann, den ich dank seiner Jacke als Sanitäter oder Notarzt identifizierte, fühlte meinen Puls.

„Geht's wieder besser", fragte er. „Sie sind etwas unterkühlt und ein bisschen neben der Spur. Wir sind hier, um Ihnen zu helfen. Im Krankenhaus wird man sich um Sie kümmern."

„Wo ist Wilhelm?", wollte ich wissen. Mein Hals war trocken und schmerzte beim Reden. Ich war heiser, als hätte ich seit Tagen nicht gesprochen.

„Außer Ihnen ist hier niemand gewesen", erklärte mir der Mann. „Aber Sie waren wohl schon öfters hier, wie Ihre Ausstattung uns zeigt. War das so etwas wie ein Rückzugsort?"

Ich rappelte mich auf und dachte beim Anblick an dem Topf über der Feuerstelle an den Mann mit den grauen Augen. Er war nicht hier. Es war nicht Sommer, sondern Herbst. Dieser Stall war mitnichten renoviert und neugestaltet, sondern so verfallen und schäbig wie eh und je. Mein Hirn bekam es nicht zusammen, immer wieder entfielen mir Teile der Gedanken, sodass sich kein passendes Bild ergab. Wilhelm hatte mich im Stich gelassen! Es war, als stünde ich am Grab eines Freundes, von dem ich überzeugt war, er erfreue sich bester Gesundheit.

Völlig überwältigt ließ ich mich wieder zurücksinken und wehrte mich auch nicht dagegen, als man mich auf eine Trage schnallte und mir eine Decke umlegte. Sie war muffig – meine alte Kinderzimmerdecke, die ich Wilhelm geschenkt hatte. Wo zum Teufel war er?

„Wartet", rief ich, als man mich wegtrug. Ich griff nach dem karierten Flanellhemd, das an einem rostigen Nagel neben dem Fenster hing und stopfte es unter meine Decke, als müsse ich es verteidigen, obwohl niemand versuchte, es mir wegzunehmen. Es roch ganz zart nach Zigarettenqualm, Früchtetee und Linsensuppe aus der Dose.

Die beiden Spaziergänger, die offensichtlich die Rettungskräfte informiert hatte, schauten uns mit sorgenvollen Blicken nach. Ich wurde im Krankenwagen verstaut – ein Ding, ein Objekt, das man irgendwohin brachte, weil es an diesen Ort hier nicht gehörte. Auf eine sehr rätselhafte Art war ein Riss in mein Erleben gelangt, der die Abfolge von Ereignissen voneinander trennte:

Meine Realitäten passten nicht mehr zueinander, meine Gefühlswelt war völlig aus der Bahn geworfen. Ich versuchte, zu verstehen, doch es gelang mir nicht. Alles, was ich wollte, war Wilhelm. Seine gütigen Augen, die über mir wachten, seinen hellen Verstand, der uns und vielen Menschen eine Zukunft schuf. Mein freundliches Wohnheim-Zimmer mit dem antiken Schreibtisch, dessen Schubladen schwer zu öffnen und abschließbar waren. Die Lesung meines Manuskripts unter Gold und Stuck, während Hunderte neugierige Ohren lauschten, Jubel und Freude während der Eröffnung unseres Kunst- und Kreativhauses, die unmittelbar bevorstand. *(Oder etwa nicht?)*

Was ich bekam, waren ein Beruhigungsmittel und meinen Mann. Vorwürfe, die sich als Besorgnis tarnten:

„Machst du mir schon wieder Kummer, Clara? Ich dachte, das alles hätten wir hinter uns."

In meinem Krankenhausbett drehte ich den Kopf zur anderen Seite.

„Was ist das hier, Clara?", quälte Marcel mich weiter. Widerwillig betrachtete ich die Porzellantasse mit dem Blumenmuster, die einen feinen Sprung aufwies. Das Kissen, auf dem ich so oft gesessen hatte. Den Schlafsack, der an den Nahtkanten ausfranste, die verbeulte Suppenkelle. Man hatte den ganzen Krempel mitgenommen und einstweilen in meinem Krankenzimmer gelagert. Marcel wies darauf.

„Was ist das für ein Zeug, Clara? Du hast in den letzten Wochen alles Mögliche in diesem miesen kleinen Secondhandshop gekauft, hat die Besitzerin mir erzählt! Immer wieder bist du da rein geschlichen und hast irgendeine primitive Scheiße erworben, um sie da in dieser verkackten Ruine anzuhäufen!"

Ich? Das musste ein Irrtum sein! Wilhelm war es doch gewesen, der mir die Dinge besorgt hatte, um mir zu zeigen, dass ich willkommen war! Er hatte mir die Tasse mit dem Sprung gekauft, das Kissen, damit ich es behaglich und weich hatte, und die Bücher, aus denen wir gemeinsam gelesen hatten! Eine andere Wahrheit konnte und wollte mein Bewusstsein nicht akzeptieren.

Ich schob das Hemd, das ich unter mein Kopfkissen geknüllt hatte, tiefer zwischen die Laken. Marcel riss es mir unter dem Kissen weg und warf es auf den Boden.

„Ein fremdes Männerhemd, nicht mal gewaschen! Stinkt noch nach Kippen, das Mistding! Was hast du dir nur dabei gedacht? Verkriechst dich Tag um Tag in dieser ollen Ruine! Entzündest da ein verdammtes Feuer, auf dass das ganze Gelände noch abfackelt! Bereitest dir Mahlzeiten zu, als ob wir zu Hause nichts zu essen hätten! Was stimmt mit dir nicht, Clara?"

„Weißt du das alles von deinem Spion?", fragte ich, verwirrt von alldem, was in der letzten Stunde um mich herum passierte. Und krank vor Sehnsucht nach einem Mann, den es – *überhaupt nicht gab?* Noch immer weigerte ich mich, diese Behauptung als Tatsache auch nur in Erwägung zu ziehen. Alles würde sich aufklären. Wilhelm hatte bestimmt nur etwas sehr Wichtiges zu erledigen gehabt und mir nicht Bescheid geben können. Er würde bald zurück sein!

„Ich hab dir überhaupt keinen Spion hinterhergeschickt, das war ein Bluff. Viel zu teuer! Ich wusste ja, dass du nur durch die Wälder streifst und auch, wenn es mir spleenig vorkam, konnte ich ja nicht ahnen, wie wahnwitzig dein Tun wirklich war! Ich hätte ruhig mal einen Spion schicken sollen, dann wäre uns dieser peinliche Polizei- und Rettungseinsatz erspart geblieben!"

„Bin ich krank?", fragte ich und wollte die Antwort eigentlich gar nicht hören.

„Körperlich bist du in ein paar Tagen wieder ganz die Alte", versicherte mir Marcel. „Zum Glück war es noch nicht so kalt, dass man erfrieren konnte, wenn man mit wirrem Schädel und Gedächtnisverlust in einem alten Stall sitzen bleibt. Aber in deinem Kopf läuft wohl nicht mehr alles so richtig rund."

„Nein", stimmte ich zu. Es gab nichts zu leugnen. Mit mir stimmte etwas nicht. Man würde mir Medikamente und Therapien verpassen, bis ich wieder ins Raster rutschte, aber ich war dem gar nicht mehr so abgeneigt. Benebelt zu sein würde mich von dem neuerlichen Verlust ablenken, der mich ereilt hatte.

Wilhelm. Konnte man überhaupt etwas verlieren, was man nie besessen hatte?

„Der Eigentümer der Schlossanlage könnte dich anzeigen, wegen Hausfriedensbruch und was weiß ich noch", fuhr Marcel fort. „Sei froh, wenn der die Füße stillhält. Abgesehen davon ist diese Ruine einsturzgefährdet! Man ist lebensmüde, wenn man sie durchstreift! Bist du lebensmüde, Clara? Du brauchst wohl mal einen ordentlichen Tritt vor den Kopf, damit der wieder in geordnete Bahnen gelangt! Künftig gehst du allein überhaupt nicht mehr vor die Tür, höchstens auf direktem Weg zur Arbeit – falls du wieder arbeitsfähig sein solltest. In diesem Zustand bist du ja wirklich zu überhaupt nichts nutze."

Ich nahm das hin. Sollte er doch bestimmen, wie es mit unserem Leben weiterging. Im Moment erschien mir nichts daran wichtig genug, um mich dafür einzusetzen. Im Geiste sah ich Ida mit meinem Baby davonfliegen. Und Wilhelm nur noch als winzigen Punkt am Horizont, der bald ganz und gar verschwunden sein würde. So, als habe es ihn nie gegeben.

Es HAT ihn nicht gegeben, berichtigte mich mein Verstand. *So wie dein Kind?*, setzte mein Gewissen provokativ dagegen. *Vielleicht bist du selbst ja auch nicht real? Nur die Fantasievorstellung eines Mädchens, das seinen kaputten Kopf vor die Wand schlägt, bis er aufplatzt und alle wilden Gedanken wie Konfetti in der Welt verstreut!* Ida mit den Zöpfen, die meine eigene Wut in sich bündelte und zu einem Gefäß für all mein Leid wurde. Wilhelm, der als Pflaster Wunden verschloss, bis sie aufhörten zu bluten. Die Märchen, der Konzertsaal, meine Geschichte. Nichts davon war real gewesen. Ich drehte das Gesicht zum Kissen hin, um mein Stöhnen zu verbergen. Oh doch, ICH war real! Ich merkte es nicht nur an den Körperteilen, die ich berühren und den Sinnen, die ich wahrnehmen konnte. Ich erkannte es an dem Schmerz, der durch mich hindurchfloss, echter als alles, was ein chaotischer Kopf sich hätte ausdenken können.

„Du wirst morgen entlassen, die können das Bett ja nicht ewig für so Spinnerinnen vorhalten. Allerdings nur, wenn sie eine Suizidgefährdung ausschließen können. Können sie das?" Marcel nahm meine Hand, die eiskalt war und sich kaum regte. „Du wirst Tabletten bekommen und eine Therapie machen müssen. Und wenn du wieder okay bist, vergessen wir das Ganze und machen einfach weiter wie vorher."

Wenn ich wieder okay war? Etwa wie ein Auto mit Getriebeschaden, das man zur Reparatur in einer Werkstatt abstellte? Waren Menschen Dinger, deren reibungslose Funktionstüchtigkeit man wiederherstellen konnte und musste?

Ich horchte in mich hinein: Wünschte ich mir ernsthaft, tot zu sein? Nein, dachte ich, im Gegenteil. Ich wollte leben! Seit ich unter Wilhelms rosaweißer Kuppel gestanden hatte, wollte ich nichts lieber als das!

„Du hältst mich also für eine Spinnerin?", wollte ich wissen. Es wunderte mich nicht. Es entsprach genau dem Bild, das er schon immer von mir gehabt hatte. Ich war nur zu dämlich, unsicher und feige gewesen, aus dieser Erkenntnis meine Konsequenzen zu ziehen.

„Du bist nicht im Vollbesitz deiner geistigen Kräfte, oder? Aber dafür gibt es ja Fachleute, man kann das wieder hinbiegen."

„Wenn du das sagst." Wieder drehte ich mich weg. Ein Knopf des Hemdes drückte gegen meine

Schläfe. Zigarettengeruch. Sommerfliederduft, Vogelgezwitscher. Das Laptop warm auf meinen Schenkeln. Gelächter und Stimmen.

„Ich bin nicht selbstmordgefährdet", sagte ich und wiederholte diesen Satz bis zu meiner Entlassung auch noch öfters, all den Ärzten, Schwestern und Therapeuten gegenüber, die mich danach fragten. Ich muss überzeugend genug gewesen sein, denn man ließ mich tatsächlich nach Hause.

Oder das, was sich gemeinhin als „nach Hause" definierte, obwohl es das überhaupt nicht mehr sein konnte. Aber es sprach auch nichts dagegen, offenbarte mir eine zaghafte kleine Stimme in den Untiefen meines Herzens, mir so etwas wie ein Zuhause zu schaffen, oder?

ZWÖLF

Eine Depression sei für meinen Zusammenbruch verantwortlich gewesen, erklärte mir der Psychiater. Es käme vor, dass eine Depression mit wahnhaften Symptomen einherginge, und dann sähe man Dinge, die nicht wirklich da waren. Dinge, die man sich erhoffte oder Dinge, die man fürchtete. Ich sollte mich nicht allzu sehr bekümmern, hatte er mich aufgemuntert, das Ganze sei gut zu behandeln und bald würde ich nicht mehr unter Erinnerungslücken und Fantasievorstellungen leiden. Er nannte die Fachbegriffe *Amnesie, Dissoziation, Psychose, Trauma*. Es fiel mir schwer, zu folgen und noch mehr, ihm zu glauben. Nicht, dass ich wieder gesund werden konnte. Sondern dass meine Welt – oder was ich dafür gehalten hatte – nur in meinem Kopf existiert hatte und sonst nirgendwo. Es war, als hätte man mir eröffnet, dass ich selbst nur ein Geist war, der über keinerlei Substanz verfügte. Ich wusste nicht, wie ich in dieser gespenstischen Gestalt ein Leben in der realen Welt bestreiten sollte.

Marcel gab sich Mühe und es gelang ihm leidlich, unseren Alltag so zu strukturieren, dass er eine Art Normalität ermöglichte. Ich ertrug seine

Anwesenheit in meiner Nähe, wenn ich musste, aber ich ersehnte bald die Stunden, an denen er zur Arbeit ging. Nur in dieser Zeit war es mir möglich, mich mit dem absurden Spiel meiner eigenen Gedanken- und Gefühlswelt vertraut genug zu machen, um sie doch noch verstehen zu lernen.

Eine Zeit lang versuchte ich, mich abzulenken, buk Brot, kochte Marmelade ein, bestickte Deckchen, die keiner brauchte. Es trieb mich immer wieder zu den Büchern, die immer noch in ihrem Regal im Keller standen, doch ich traute mich nicht, sie zu berühren und den alten Bildern wieder alle Schleusen zu öffnen. Wilhelms Hemd, von mir selbst aus unerfindlichen Gründen erworben, hatte ich dahinter versteckt und auch dieses Kleidungsstück fasste ich nicht mehr an, seitdem ich brav zur Therapie ging, um meine Vergangenheit zu bewältigen, wie sie es nannten. Ich warf es aber auch nicht weg.

Und so war klar und unvermeidlich, dass mir irgendwann auch der Laptop in den Schoß fiel, an dem ich – wie ich einst geglaubt hatte – ein ganzes halbes Buch geschrieben hatte. Ich hatte eigentlich nach einem Rezept für Irish Stew im Internet suchen wollen, denn auch der Therapeut riet mir dazu, meinen eigenen Horizont immer wieder zu erweitern und nach persönlichen Interessen und Leidenschaften zu suchen, die meinen Alltag bereichern konnten und mir die Notwendigkeit nahmen, „herum zu spinnen", wie Marcel es nannte.

Und wenn auch alles – der Park, die Gebäude, Wilhelm, Ida und alle anderen Besucher, sogar die Bauarbeiter – nicht wirklich da gewesen war, so blieb doch ein Relikt aus dieser verlorenen Zeit übrig, das durchaus real war: Mein Manuskript.

Ich fand es auf dem Desktop und klickte mich hinein, erfüllt von aufgeregter Spannung, Angst, Widerwillen und Freude. Dieses Buch hatte ich *wirklich* geschrieben, jedenfalls in weiten Teilen – und es stand für mich bereit, um zu einem Ende gebracht zu werden.

„Meine Wünsche waren hinterlistige Lügner", las ich. *„Sie lockten mich mit ihrer unwiderstehlichen Strahlkraft und ließen mich glauben, es würde genügen, wenn sie sich nur erfüllen, auf die ein oder andere Art."*

Hundert Seiten waren geschrieben, die anderen warteten auf ihre Vollendung. Ich ließ das Stew allein vor sich hin köcheln, warf die Sticknadeln in den Korb zurück und vertiefte mich in die Geschichte, die Wilhelm und mich verbunden hatte, sobald Marcel das Haus verließ. Es gelang mir, in meine Geschichte zurückzukehren. Ich musste lächeln. Und weinen. Wieder lächeln. Weinen.

Alles, im Wechsel – ich wurde zu einem fühlenden Wesen und es war in Ordnung. Zum ersten Mal seit vielen Jahren war das in Ordnung.

DREIZEHN

Ich blieb dort, in dieser Geschichte. Ich würde dortbleiben, so lang es sein musste, um mich mit meinem Schmerz auszusöhnen. Meine Schreibfähigkeiten waren der Psychose nicht zum Opfer gefallen – der Zugriff auf sie blieb mir erhalten und so flog Stunde um Stunde an mir vorbei, während ich mich zurück in eine Welt träumte, in der Wilhelm mehr war als nur eine erfundene Figur. Natürlich nun mit dem Wissen, dass es Fiktion war. Trotzdem brachte es mir großen Trost. Ich hatte die Geschichte um dieses herrliche Künstlerzentrum begonnen und in ihr hatten sich unsere Schicksalsfäden verknüpft, Wilhelms und meine. Und ich würde sie fertigschreiben, weil Geschichten nicht einfach im Nichts endeten. Wir begegneten einander wieder, Wilhelm und ich und alle anderen, und darüber begriff ich, dass unser Leben alles sein und werden kann – wenn wir es ihm erlauben.

Wilhelm war es gewesen, der mir meine Fähigkeit, zu lesen, zurückgegeben hatten, ob er nun real gewesen war oder nicht. Diese Fähigkeit behielt ich – ebenso wie das Schreiben – bei, die Welt der Literatur, die mich einst so grausam ausgesperrt und im Dunklen zurückgelassen hatte, wiegte mich nun zuverlässig in ihrem Schoß von Geschichten, Wissen, Philosophien, Erkenntnissen. Wilhelm war eine Fantasie gewesen, aber das geschriebene und erzählte Wort um mich herum und in mir drin war echt! Es wurde zu einem Panzer, der mich vor der Welt abschirmte und beschützte und gleichzeitig zu meinem Kommunikationskanal, mit dem ich mit ihr in Verbindung treten konnte. Es erlaubte mir Zugriff auf alles, was ich brauchte, um meinen Alltag zu strukturieren, kleine Gaben zu schätzen und das bloße Leben als solches nicht hassen zu müssen.

Es gelang mir, mich mit den sozialen Medien vertraut zu machen und dort eine Schreibgruppe zu finden, in der man sich austauschen konnte, um über Erfahrungen zu sprechen und Wissen miteinander zu teilen. Erstaunlich war, wie leicht es mir fiel, mit diesen anderen Menschen, die das Schreiben ebenso sehr liebten wie ich und an eigenen, hoffnungsvollen Projekten arbeiteten, ins Gespräch zu kommen und eine gemeinsame Basis zu finden. Bald schon fühlte ich mich dort wie in einer freundlichen, aufgeschlossenen und lehrreichen Runde, die mein einsames Tippen in die Dimension der Gemeinschaft erhob. Es war nicht ganz so, wie ich mir für das Künstlerzentrum gewünscht hatte, aber es war ein würdiger Ersatz.

Als die ersten sonnigen Frühlingstage meine Seele erhellten, war meine Geschichte auserzählt. Während ich mich in die anstrengende und manchmal frustrierende Überarbeitung stürzte, die mein Buch vom Stapel der stümperhaften Impulsautoren nehmen und ins Regal der ernsthaften Schriftsteller mit einer runden, geschliffenen Erzählung einreihen sollten, wurde mir bewusst, wie viel ich noch nicht wusste, wie umfangreich das Wissen war, das mir fehlte, um dahinzukommen, wo es mich eigentlich hinzog.

Ich wollte das Handwerk von der Pike auf lernen, um zu erfahren, wie es mir noch besser gelingen konnte, meine Gedanken in Worte zu fassen, die auch anderen Menschen etwas bedeuten konnten. Ich wollte lernen, wie man ein Buch aufbaute, um Spannung und Empathie zu erzeugen. Ich wollte aus der Ecke der Schreiberlinge mit einer netten Idee in den heiligen Tempel der Geschichten gelangen, die unbedingt erzählt werden mussten – und dafür brauchte ich eine Ausbildung.

Ein erster Grundlagenkurs, der online stattfand, vermittelte mir das Basiswissen. Ihm schlossen sich zwei weitere an. Einer, den ich an der

Volkshochschule besuchte und ein anderer, den eine erfolgreiche Schreibkollegin in einem Seminarhaus veranstaltete.

Marcel äußerte sich zu meinem Vorhaben nicht, verhinderte aber auch nicht, als ich mit einem kleinen Koffer und dem Laptop im Gepäck loszog, um einige Wochen lang dem nachzugehen, was ich liebte. Er betrachtete mein privates Schreiben als einen kleinen lächerlichen Zeitvertreib, der ihm kaum gefährlich werden konnte, zumal er meine Depression, die ihn nervte, in Schach zu halten schien. Direkter Kontakt mit fremden Menschen im Rahmen von Selbsterfahrungskursen, wie er es nannte, behagte ihm weniger, aber ich musste wohl so bestimmend aufgetreten sein, dass er mich mit saurem Blick gehen ließ.

Die Schreibkurse waren ein Anfang, doch nachdem ich mir alles, was ich dort erfahren und erproben konnte, einverleibt hatte, ließ mein Hunger nicht nach.

Im Frühsommer schrieb ich mich für das beginnende Herbstsemester als Gasthörerin im Fach Literatur an der Universität ein. Es war kein richtiges Studium, das mit einer Berufsbefähigung und einem kostbaren Zertifikat beendet werden würde, aber für mich war es nach all der Zeit als Marcels unmündiges Anhängsel ein ganz eigenes

Paradies: Hier würde ich tun können, was Leidenschaft und Begeisterung in mir weckte. Ich würde lernen und mit Gleichgesinnten zusammenkommen. Bücher durften dann auch offiziell eine zentrale Rolle in meinem Leben spielen und dadurch, so hoffte ich, würde ich sie nie wieder verlieren.

Das Gaststudium konnte berufsbegleitend stattfinden und meine Chefin Sina legte mir keine Steine in den Weg. Im Gegenteil, sie ermunterte mich dazu, mein Hirn mit neuem Wissen zu füllen und mich an der Inspiration zu berauschen. Im Gegensatz zu Marcel hatte sie verstanden, dass die Bücher und die Beschäftigung mit ihnen den Platz in meinem Kopf und in meinem Herzen einnahmen, der vorher leer gewesen war. In dieser Leere war es der Depression gelungen, ihre schattigen Schwingen auszubreiten und die ganze Umgebung mit ihrem Pesthauch zu vergiften.

Sina profitierte von der Unterstützung, die sie mir gab: Nie zuvor hatte ich so effektiv, engagiert und erfolgreich meine Aufgaben im Büro erledigt. Und mehr als einmal wurde, nachdem die Kollegen, mit denen es früher über den üblichen Small Talk hinaus kaum eine verbindende Komponente gegeben hatte, erfuhren, wie gern ich las und schrieb, in der Firma über das ein oder andere aktuelle Werk der Bestsellerlisten diskutiert – eine

Diskussion, an der ich mich erst hatte wirklich beteiligen können und wollen, nachdem Wilhelm mir das Lesen wieder zum Liebhaber hatte werden lassen.

Sein abruptes Verschwinden – oder vielmehr die heftige, plötzliche Erkenntnis, dass er niemals da gewesen war – versetzte mich zuweilen in einen Zustand von Trauer, als hätte ich wirklich einen wichtigen Menschen verloren. Aber diese Gefühle waren auf eine sehr eigenartige und seltsame Weise trotz ihrer Heftigkeit eine eher sanfte Empfindung, von viel Liebe und Hingabe getragen.

Der Klumpen Eis, in den sich meine Tränen einst verwandelt hatte, war im Licht der lesenden Sonne dahingeschmolzen und übrig blieben Wehmut und eine allumfassende Dankbarkeit, genau so, wie Wilhelm es mir dank seines eigenen Lebens und der Lehren, die er daraus gezogen hatte, empfohlen hatte.

VIERZEHN

War Wilhelm weniger echt, weil er nur in meiner Vorstellung existiert hatte? Waren seine Ratschläge weniger hilfreich, weil sie aus den Untiefen meines eigenen Unterbewusstseins stammten?

Ich verstand, dass es für meine Gesundung wichtig war, die klare Trennlinie zwischen der echten und einer imaginierten Welt beizubehalten, aber ich war *nicht dazu in der Lage, loszulassen*. In einer ähnlichen Intensität war ich auch nicht mehr gewillt, *festzuhalten*, nämlich mein altes Leben, das sich nach alten Wünschen ausgerichtet hatte, die längst verwirkt und ungültig waren.

Im ersten Schritt hörte ich auf, meine Gedanken mit meinem Mann zu teilen. Im zweiten setzte ich die Trennung von Bett und Tisch innerhalb desselben Hausstandes durch. Es war nicht wirklich eine Trennung, wir teilten, oberflächlich gesehen, immer noch einen gemeinsamen Alltag. Aber ich hatte mich im Schlafzimmer häuslich eingerichtet, wo ich auch meine Freizeit verbrachte, während Marcel im Büro schlief und im Wohnzimmer allein fernsah. Wir gingen uns, so gut wie konnten, aus dem Weg, schlichen umeinander herum und begegneten uns mit höflicher, vorsichtiger Distanz. Manchmal brachen noch alte oder aktuelle Konflikte durch, die sich aber schnell totliefen.

Marcel glaubte, das sei nur eine Phase, zurückzuführen auf meinen instabilen psychischen Zustand, der sich gewiss bessern würde, je länger meine Therapie sich fortsetzte, doch ich war mir sicher, dass meine Zukunft in eine Richtung führte, die seine Anwesenheit nicht mehr einschloss. Er hätte mir auch weiterhin eine ganz andere Art von Leben aufzwingen können, wie er es bisher getan hatte: mit ausufernden Kontrollen, ständig gemeinsam verbrachter Zeit, einem erstickenden Immer-umeinander-Kreisen, einer Gestaltung des Tages, die mein Ich als Einflussfaktor ausschloss. Er hätte mich mit Drohungen, Psychoterror und dem ganzen Register von Unterdrückung in eine Richtung schieben können, die mir eindeutig zeigte, wo meine Selbstbestimmung definitiv endete und seine Macht, die er seit unserem ersten Tag besessen hatte, anfing, aber seltsamerweise verzichtete er darauf. Vermutlich war ihm klar, dass er mich auf diese Weise besitzen, aber nicht wirklich mit mir in Verbindung sein konnte. Ein solches Gebaren hätte mich, wie er wohl ahnte, nur noch weiter von ihm weggetrieben.

Zudem wusste er, dass ich sowohl die wöchentliche Therapiestunde als auch die Selbsthilfegruppe sehr ernst nahm und mir aus diesen Schützengräben mehr Unterstützung zugutekam, als sein Druck hätte kompensieren können. Abhängigkeit hin oder her – letztlich, wenn eine bestimmte Grenze überschritten wurde, wandte sich das sicher geglaubte Opfer vielleicht doch ab und zog auf Nimmerwiedersehen von dannen. Das wollte Marcel nicht. Ob *ich* es wollte oder nicht, war mir noch nicht ganz klar.

Manchmal sah ich Wilhelm, etwa wenn eine Auseinandersetzung zu heftig wurde oder die altbekannten düsteren Nebelschwaden begannen, durch meine Psyche zu ziehen, um mich erneut in den Abgrund zu stürzen. Dann sah ich ihn, gelassen und in sich ruhend in seinem schäbigen Mantel, neben mir stehen und lauschte seinen beruhigenden Worten, die mich wieder runter und in Kontakt mit mir selbst brachten. Ich sah und hörte ihn nicht *wirklich*. Aber ich stellte mir vor, es zu tun und mit jedem überstandenen, sogar erfolgreich geführten Gespräch wurde mir mein eigener Wille klarer. Meine Unsicherheit schrumpfte, bis sie zu einer winzigen, kaum mehr wahrnehmbaren Pfütze zerschmolzen war.

Mein Therapeut zeigte sich nicht parteiisch, stärkte mir aber den Rücken, mir versichernd, er würde mich bei all meinen Vorhaben unterstützen, wohin das Leben mich auch treiben würde. Und mit seiner Rückendeckung konnte es mir gelingen, herauszufinden, wo das sein sollte. Nur ich, niemand sonst, hatte in dieser Frage etwas zu melden.

Stabilisiert von wirksamer Chemie und unterstützt von fachkundigen Menschen gelang es mir, wieder Fuß zu fassen und mir mein eigenes Dasein ein Stück weit zurückerobern. Ich war mir sicher, dass mir das nur glückte, weil Wilhelm – oder ich selbst – das Beet für dieses Pflänzchen der Hoffnung geebnet hatten. Es war dem Ausweg aus der gedachten Perspektivlosigkeit zu verdanken, dass ich wieder Lebensmut fasste. Vielleicht würde ich nicht in Konzertsälen lesen oder in dem schönen Wohnheim Tür an Tür mit begabten Menschen wohnen – aber ich konnte mir einen Alltag gestalten, der mich erfüllte, mich mit Tätigkeiten beschäftigen, die mir Freude machten und mich mit Menschen umgeben, die mir guttaten.

An einem Samstagabend klopfte es an der Schlafzimmertür und Marcel brachte mir einen Teller Pasta mit Garnelen, von der ein köstlicher Geruch ausging. Ich hatte es mir gerade mit dem

Handbuch *Autorenwerkstatt* auf dem Bett gemütlich gemacht und mich in Erzählperspektiven versenkt, sodass mir die Störung überhaupt nicht recht kam. In Sekundenbruchteilen checkten meine Synapsen die Stimmung und ob von dem unwillkommenen Besucher eine Gefahr ausging. Das war nicht der Fall, er schien „in Frieden gekommen" zu sein, wie es bei Karl May wohl geheißen hätte.

Er stellte den voll beladenen, dampfenden Teller auf dem Schminktisch ab, den ich nun als Schreibtisch nutzte, und legte Besteck und Serviette daneben.

„Du hast es dir hier nett gemacht", sagte er. Neutraler Ton, keine Kritik, eher sogar ein Hauch Anerkennung?

Ich glitt mit den Augen durch den Raum: Frisch geweißte Wände, gestreifte Vorhänge in pastelligem Lindgrün, ein ganzes Doppelbett, das nur mir gehörte. Bilder von Schriftstellern, die ich mochte, an den Wänden, in elegantem Schwarzweiß, Lichterketten am Spiegel, am Fensterrahmen und am Kopfgestell des Bettes. Am Spiegel prangten bunte Post-its, auf die ich Gedankenfetzen, Zitate und Buchideen gekritzelt hatte, meine Pantoffeln warteten auf einem flauschigen Teppich und jeder Millimeter freie Fläche war mit

Büchern bedeckt. Meinen Schätzchen aus dem Keller und vielen neuen Kostbarkeiten, auf die ich beim Schmökern in der Buchhandlung und Bibliothek gestoßen war.

„Ja", nickte ich und legte das Buch zur Seite. Schloss meinen Bademantel, den ich über dem Pyjama trug, etwas fester, weil mir in Marcels Gegenwart immer noch unbehaglich war.

„Ich danke dir, dass du diesen Raum als Rückzugsort für mich respektierst", fühlte ich mich bemüßigt zu sagen. Das stimmte tatsächlich. Es war nicht selbstverständlich und verlangte ihm einige Bereitschaft zur Selbstreflexion und mehr Veränderungsbereitwilligkeit ab, als ich ihm vor ein paar Wochen noch zugetraut hätte.

Marcel räusperte sich.

„Darf ich mich setzen?"

Stumm wies ich auf den Schminktischstuhl, auf dem er Platz nahm.

„Ich wünsche mir, dass es wieder gut wird zwischen uns", sagte er. In dieser Aussage lag die nicht gestellte Frage, ob ich einen vergleichbaren Wunsch empfand. Ich horchte in mich hinein. Mein Bauchgehirn gab mir keine Antwort und auch mein Verstand schwieg. Zudem stellte sich mir die Frage, ob und wie dies überhaupt möglich sein konnte, nach allem, was passiert war.

„Du möchtest auch künftig mit einer kranken Frau zusammenleben und all das, was die nicht gerade einfache und ziemlich langwierige Behandlung erfordert, mittragen?"

„Ja. Wir könnten an uns arbeiten. *Ich* könnte an *mir* arbeiten. Wir könnten wieder glücklich zusammen werden, das waren wir doch irgendwann mal, oder?"

Falls ja, war das so lang her und so verschüttet von Leid und Schmerz, dass es mir entfallen sein musste.

„Du hättest mir schon viel eher helfen können, dann wäre es gar nicht so weit gekommen", gab ich zurück. „Anstatt mich zu Hause einzusperren und von anderen Menschen fernzuhalten hättest du mir ein normales Leben ermöglichen können. Und, als die Krankheit anfing, mit mir nach Möglichkeiten professioneller Hilfe schauen. Dann wäre die Depression vielleicht gar nicht erst zur Psychose geworden." Es war kein Vorwurf, sondern eine Feststellung. War es nicht das, was eine Beziehung ausmachte? Dass der in jenem Moment Stärkere den Schwächeren stützte und, wenn nötig, zusätzlich für professionelle Unterstützung sorgte?

„Es tut mir leid, dass du krank geworden bist." Schuldbewusster Blick nach unten. Er schauspielerte nicht. Auf seine verrückte, verquere Art lag ihm wirklich etwas an mir und uns. Mir jedenfalls tat es nicht leid, dass ich krank geworden war! Diese Welt, die mir die psychische Störung, wie die Ärzte es nannten, offenbart hatte, hatte mir womöglich das Leben gerettet. Oder meine Seele vor dem Zugriff des Teufels!

„Wir haben doch gar keine gemeinsame Basis", erwiderte ich. „Auch, wenn noch Gefühle übrig geblieben sind, was ich von meiner Seite aus nicht mal mit Sicherheit sagen kann, gibt es nichts, was uns verbindet. Du interessierst dich nicht für das, was mir am Herzen liegt und umgekehrt, wir mögen nicht einmal dieselben Tätigkeiten, Menschen, Orte."

„Wir könnten uns etwas ausdenken, was uns beiden Spaß macht, etwas Gemeinsames finden oder schaffen. Was hältst du von einem Urlaub?"

Ich schüttelte den Kopf.

„Ich werde im Oktober neben der Arbeit einen vollen Stundenplan an der Uni haben und auch zu Hause viel arbeiten."

„Das ist doch in Ordnung", sagte Marcel und ich wunderte mich sehr, weil er nicht dagegen wetterte und nicht plante, mir mein Vorhaben zu vermiesen. Ein trügerischer Friede? Oder ein echtes Angebot?

„Wir könnten vorher in den Urlaub fahren, im Sommer. Du kannst dir ein Ziel aussuchen. Berge, Meer, die Tropen – was immer du willst. Vielleicht ein Schloss? Wir trinken Cocktails am Strand und baden im Pool oder besuchen Museen und Ausstellungen. Du kannst ja ein Buch zur Unterhaltung mitnehmen."

„Ich muss zu den Therapiestunden und Gruppensitzungen gehen", wehrte ich ab. Ich hatte in der Tat, so hatte der Therapeut es mir erklärt, Trauerarbeit vor mir, mit all ihren Phasen, unangenehm und schwer, aber unabdingbar.

„Weißt du, Marcel", sagte ich, nach einem losen Faden im Bademantel zupfend, „ein Urlaub würde gar nichts ändern, weil wir erst mal wieder lernen müssten, miteinander umzugehen, nachdem wir uns völlig fremd geworden sind. Wenn wir zusammenbleiben wollen."

Ich dachte an Wilhelm und den Schmerz, der meinen Leib buchstäblich gekrümmt hatte, als mir klar geworden war, dass er weg war. Ich stellte mir vor, Marcel würde auf dieselbe Art von einer Sekunde zur anderen aus meinem Leben verschwinden und fühlte – nichts. Kein Bedauern, keinen Verlust. Vielleicht täuschte ich mich, aber wurde es bei diesem Gedanken am Horizont nicht sogar etwas heller?

„Es ist das Kind", sagte Marcel. Er saß wie zusammengehauen auf dem Stuhl und strich sich über die Stirn, als wolle er fliehende Gedanken einfangen. Das Essen wurde kalt. Meine Füße auf der Tagesdecke begannen zu zittern. *Nicht wegrutschen*, dachte ich. *Im Hier und Jetzt bleiben.* Ich konzentrierte mich bewusst auf Dinge, die ich wahrnehmen konnten, die mich in der Realität hielten, so hatte ich es in der Therapie gelernt. *Die weiche Decke unter meinem Hintern, die Falten schlug, wenn ich mich bewegte. Die Garnelen in Tomatensoße, die sich mit einer feinen Idee meines Parfüms vermischten, das ich am Morgen aufgetragen hatte, ein süßer und zugleich scharf-herber Geruch. Die Frotteeärmel an meinem Handgelenk, zitternde Füße, ein heißglühender Ball im Unterleib, Druck in der Brust.* Ich holte tief Luft. Vögel vor dem Fenster. Marcel in Jeans und grauem Shirt, das Haar ungeschnitten, die Fingernägel zu lang. Auf seiner Brust prangte ein Tomatenfleck.

„Du bist mir immer noch böse, weil ich dich dazu überredet habe, dieses Kind damals nicht zu behalten." Er nickte, als müsse er sich selbst überzeugen. Beugte sich nach vorn, die Ellbogen auf den Knien. Wollte mich nicht mehr ansehen. Scham? Schuld? Reue? Oder wollte er mich nicht wissen lassen, dass er immer noch genauso über das Thema dachte wie vor zwölf Jahren und seine Handlungen für richtig hielt? Immerhin schob er die Verantwortung nicht mehr ganz zur Seite: Er hatte begriffen, dass *seine* Entscheidung es gewesen war, die zu *meiner* geführt hatte. Von freien Stücken konnte dabei für mich keine Rede gewesen sein, doch bislang hatte Marcel das immer abgestritten.

„Diese Unstimmigkeit steht zwischen uns. Unsere Ehe ist gescheitert, weil du das Kind verloren hast", schloss er und sah mich dann doch an.

Ich stand vom Bett auf und ging zwei Schritte von ihm weg.

„Nein", sagte ich und mir wurde im selben Moment, als ich sie aussprach, die Wahrheit klar.

„Es war keine Unstimmigkeit, sondern ein tiefer, unüberbrückbarer Graben zwischen uns. Und ich habe das Kind nicht verloren, sondern wegmachen lassen. Nennen wir die Fakten doch beim Namen. Ich habe es wegmachen lassen, weil unsere Ehe zu diesem Zeitpunkt bereits gescheitert war. Genau andersrum wird ein Schuh draus. Wäre unsere Beziehung auf Augenhöhe gewesen, hätten wir das Für und Wider gemeinsam diskutiert und du hättest meinen Wünschen und Ängsten denselben Stellenwert wie deinen eingeräumt. Es wäre vielleicht anders ausgegangen." Ich hatte begonnen, im Zimmer herumzulaufen. Nackte Füße auf flauschigem Teppich, wenig Raum zur Verfügung, immer noch Druck in der Brust, als läge ein Felsen darauf. Drei Schritte in jede Richtung und wieder zurück. Ich zog kreisende Bahnen. Mein Solarplexus hatte sich zusammengezogen, als litte ich unter Krämpfen und mein Steißbein schmerzte, obwohl ich mich weder gestoßen noch verlegen hatte.

„Also hasst du mich, weil ich dich dazu gebracht habe, dein Kind …"

„Nein", unterbrach ich ihn. Das Wort wurde mir langsam sehr vertraut. Und die Art und Weise, wie mein Gehirn mich mit Erkenntnis flutete, war fordernd, aber nicht unangenehm. Die Gefühle, die damit einhergingen, waren freilich wie ein Schlag ins Gesicht, aber das Wissen darüber, dass nun die Dinge endlich mal auf den Tisch kamen, verschaffte mir Erleichterung. Es war, wie sich nach einer langen quälenden Phase der Übelkeit endlich übergeben zu können.

„Ich hasse dich nicht, sondern ich empfinde gar nichts mehr für dich", sagte ich zu Marcel, der mich so entsetzt anblickte, dass ich auf das in mir aufwallende Mitleid wartete. Das blieb aber aus. Und so sprach ich weiter, mehr zu mir als zu ihm:

„Ich bereue aus tiefster Seele, dass ich deinen Lebensplan ohne Zaudern übernommen und zu meinem gemacht habe und im Zuge dessen meinem Ungeborenen in diesem Leben keinen Platz einräumte. Ich bereue, dass ich meinen Wunsch, dieses Kind zur Welt zu bringen und großzuziehen, nicht deinen und allen anderen Konsequenzen zum Trotz durchgesetzt habe. Wohl wäre ich in der Lage gewesen, es allein zu schaffen, doch traute ich es mir nicht zu und diese Entscheidung ist nicht rückgängig zu machen. Nun kann ich mich selbst zerfleischen bis ans Ende meiner Tage – oder ich nehme an, was war, akzeptiere, dass ich falsch lag und falsch handelte und orientiere mich künftig an dem, was kommt, nicht mehr an dem, was war."

In Marcels Gesicht prangte noch immer dieses unbeschreibliche Entsetzen, da erst wurde mir klar, dass ich ihm gerade praktisch unsere endgültige Trennung verkündet hatte. Es war nur noch eine Frage der Zeit und bedurfte einiger organisatorischer Kniffe, um in der Praxis umgesetzt zu werden, aber im Grunde hatte ich unserer Ehe just in diesem Moment ihren Todesstoß versetzt. Nein, berichtigte ich mich, tot war sie schon lang gewesen und ihr Grabeshauch hatte auf meine Psyche abgefärbt, war damit verschmolzen. Aber jetzt brachte ich sie unter die Erde, wo sie vergessen werden durfte und den Lebenden aus den Augen war.

Mein Kind war tot und würde nicht wieder lebendig werden. Auch ein anderes Kind konnte ich nicht haben, dafür war ich zu alt und zudem begann ich ja erst damit, mir eine Art Leben aufzubauen; es war völlig unklar, wie gut mir das gelingen würde.

Aber so viel wusste ich endlich: Ich würde mein Leben lieber allein bestreiten als an der Seite des Mannes, der mich – versehentlich oder absichtlich – in dieses schreckliche moralische Dilemma überhaupt erst gebracht hatte. Damals, als meine innere Stimme selbst für mich noch zu leise gewesen war, um ihr eindringliches Rufen zu vernehmen. Dafür war sie jetzt umso lauter. Ich hatte sehr lange meinen eigenen inneren Kompass verloren. Hatte meinen eigenen Sinneswahrnehmungen, Gedanken und Emotionen misstraut, wenn sie sich von dem unterschieden, was mein Mann für richtig und wichtig hielt. Diese tief greifende Verunsicherung hatte zuletzt dazu geführt, dass handfeste Wahnvorstellungen mich der Realität entrissen hatten, bis die Kluft zu groß geworden war, um darüber zu springen, ohne mich von ihr verschlingen zu lassen. Doch nun erfüllte mich eine unumstößliche Gewissheit dessen, was ich für mein eigenes Selbst- und Weltbild hielt, das ich erstmals wiederentdeckt hatte, nachdem es lang unter der Präsenz fremder Einflüsse versteckt gewesen war.

Marcel kämpfte mit sich. Sollte er bitten und betteln, um mich umzustimmen? Oder die altbekannten Drohgebärden reaktivieren, um ein vertrautes Muster der Reaktion bei mir in Gang zu setzen, das mich auf meinen gewohnten Platz verwies? Ich wollte beides nicht. Ich wollte eigentlich gar nicht mehr mit ihm kommunizieren und schnitt ihm deswegen das Wort ab, als er zur Antwort ansetzte.

„Ich möchte nicht weiterreden", sagte ich. „Danke für das Essen, aber geh jetzt bitte."

Marcel erhob sich wie in Zeitlupe und schlich wie ein geprügelter Hund von dannen.

„Du kannst ja noch mal in dich gehen und überlegen … Wir könnten eine Paartherapie machen. Ich wünschte …" Er ließ den Satz in der Luft hängen. *Könnten … Würden … Hätten …* Und Wünsche! Wünsche waren trügerisch, geradezu falsch manchmal, jedenfalls nicht perfekt! Ich hatte mir einen Mann gewünscht, mit dem ich gemeinsam durchs Leben gehen konnte, aber diese Bestellung ans Universum war irgendwie auf halbem Wege verunglückt und hatte die ersehnte Ehe in ein gefürchtetes Gefängnis verwandelt. Ich hatte mir ein Kind gewünscht – und ich hatte tatsächlich eins empfangen, aber statt mein Glück zu vervollkommnen, hatte dieser gewährte Wunsch eine Katastrophe ausgelöst und meine Seele in tausend Fetzen zerrissen. Ich hatte mir einen Retter gewünscht und zwar so innig, dass meine Psyche sich unbeirrbar daran gemacht hatte, sich selbst einen zu basteln, der mich wie ein Irrlicht aus der Realität weggelockt hatte. Sich etwas zu wünschen war eine gefährliche Sache, die nicht immer gut ausging. Selbst, wenn Wünsche vor den Augen des Schicksals Gnade fanden und von großzügiger Hand erfüllt wurden – wenn auch manchmal anders als gedacht und erhofft – blieben sie ein Mysterium, das Abgründe im Gepäck hatte. Künftig würde ich vorsichtig sein mit dem, was ich mir wünschte.

Ich reagierte nicht auf den Einwurf und schloss nachdrücklich die Tür, als Marcel mein Zimmer verlassen hatte. Eine Paartherapie war nicht mehr meine Baustelle. Meine Aufgabe war es jetzt, mich auf das zu konzentrieren, was mir geblieben war, alles, was gut und schön war – und es zu würdigen und zu schätzen. So hatte Wilhelm es mir empfohlen und genau so würde ich es umsetzen.

FÜNFZEHN

Im Spätsommer kehrte ich zum Jagdschloss zurück, in vollem Bewusstsein, dass mich nur eine menschenleere Ruine empfangen würde. Von den geheimen Treffen erzählte nicht einmal mehr der kleinste Hinweis: Die Schlafstelle war geräumt, die Kochstelle wirkte, als sei sie nie da gewesen, sogar die Ratten waren verschwunden, vermutlich hatte ich mir auch sie nur eingebildet. Kein Kissen, kein zerbeulter Kochtopf, keine Märchen. Ich trug das karierte Hemd, das ich selbst erworben hatte, ohne es zu wissen. Es roch kein bisschen mehr nach Zigaretten, aber ich stellte mir vor, es wäre so.

Stumm schlenderte ich die grasüberwachsenen Wege ab, das Herz voll weichen Kummers, der in Wellen durch mich hindurchwogte, als wolle meine Seele auf ihnen reiten. Vor dem Wohnheim pulte ich die Schuppen von einem Tannenzapfen und warf das Zapfenskelett ins Gebüsch. An der gläsernen Mensa schritt ich vorbei, ohne den Kopf zu heben. Die Baracken – grau und trostlos – wirkten wie wertlose Konstrukte, die irgendein wirrer Kopf sinnlos in der Landschaft postiert hatte. Die Figuren am Brunnen waren verwittert und von

Grünspan bedeckt. Die einstige Prachtstraße zeigte sich mir an diesem Tage so, wie sie wirklich war: Ein vergessenes Überbleibsel aus einer alten Zeit, das niemandes Zuneigung mehr weckte und vom Zahn der Jahre gierig benagt wurde.

Keins der weitläufig verstreuten Gebäude hatte in den letzten Jahren einen Bauarbeiter oder ein entsprechendes Gerät gesehen: Sie lagen wie fade Klötze trotzig in der verwilderten Landschaft und setzten dem Zerfall nicht mehr viel entgegen.

Trotzdem empfand ich ein vertrautes, beinahe lustvolles Sehnen, als ich den gelben Sandstein mit den Fingern berührte. Er war hart, bröckelig und rau. Gab es im Inneren wirklich einen einst herrlichen Konzertsaal, der eines Tages wieder aufgebaut werden und einem interessierten Publikum zur Verfügung stehen konnte? Vielleicht nahm sich ein real existierender Mensch von Wilhelms Format des alten Jagdschlosses an und führte es in eine neu erwachte zweite Glanzzeit hinein? Das war nicht sehr wahrscheinlich, aber doch möglich, oder?

Eigentümerin des vernachlässigten Anwesens war, wie ich erfahren hatte, meine Heimatstadt. Man hatte darauf verzichtet, mich wegen meines „Herumlungerns" und „Herumstreunens" in Regress zu nehmen, aber ich hatte ja auch nichts kaputtgemacht. Ich war nur eine der neugierigen BesucherInnen gewesen, die aufmerksam die Hinweistafeln durchgelesen und die sterbende Pracht betrachtet hatten. Okay, ich hatte ein Feuer entzündet, was nicht ungefährlich war, und mich häuslich eingerichtet, wenn ich auch dort nie die Nacht verbrachte. Aber im Grunde war ich doch nur eine stumme, nostalgische Bewunderin eines Ortes gewesen, der mehr verdiente, als ignoriert und vergessen zu werden. Und vielleicht gab es noch andere Menschen, die die Schönheit des Anwesens erkannten und den Verfall aufhielten?

Ich blickte weg und schalt mich eine Idiotin.

In einigen hundert Metern Entfernung grasten auf einer eingezäunten Weide ein paar Kühe, die keinen Laut von sich gaben. Man konnte auch dort spazieren gehen, ganz weitläufig um das Gelände herum, das teilweise durch den Wald führte und in dem sich kleine Bäche und Wasserläufe versteckten. Vielleicht würde ich an einem dieser Bäche ein Ritual durchführen, um mich von meinem Kind zu verabschieden, wie mein Therapeut es mir geraten hatte: ein Papierschiffchen auf das Wasser setzen und dabei zusehen, wie es davonschwamm. Oder das einzige Ultraschallbild, das ich besaß – das Kind ein unförmiger winziger, schwarz-weißer Knopf auf ebensolchem Grund –

in einer tränenreichen Zeremonie verbrennen, während sich auch die Erkenntnis wie ein Brandmal in meine Seele einbrannte. Aber noch war ich nicht so weit. Klar war nur, ich würde wiederkommen. Ich würde wieder vor diesem Glockenturm stehen, der nicht mehr fünf nach zwölf anzeigte, um seine Gefährdung in die Welt hinauszuschreien. Ich würde in den baufälligen Gemäuern nicht mehr nach Ratten Ausschau halten oder Suppen zubereiten, doch ich würde die Atmosphäre atmen, mir die Erinnerung einverleiben, tief durchatmen und darauf warten, dass der Druck in meiner Brust nachließ.

Der dämmrigen Kühle des Marstalls wich ich aus, obwohl das Vorhängeschloss, das ich erwartet hatte, an der Tür fehlte. Ich setzte mich unter meinen Baum in der Nähe der Stallungen. Es war der Platz, neben dem eine Sommerbühne hätte aufgebaut werden können, um Open-Air-Konzerte oder Lesungen zu veranstalten. Fast sah ich die Imbiss- und Getränkezelte, die sich hinter mir aneinanderreihten ... Hörte das Stimmengewirr glücklicher Menschen, die sich ein Getränk oder eine Bratwurst einverleibten und auf einen unterhaltsamen Abend unter dem Sternenzelt freuten ... Vernahm die Töne der Instrumente, die von den Musikern gerade gestimmt wurden ... Spürte

Wilhelms aufmerksamen Blick auf mir ruhen, der
– immer beschäftigt und in Eile – im schicken Anzug an mir vorbeilief, ohne darauf zu verzichten, mich wahrzunehmen und sich an meiner Anwesenheit zu erfreuen. Im Vorbeihuschen hob er zum Gruß die Hand, die mir nach Jahren der Abstinenz einst das Märchenbuch gereicht hatte, um mir die Wiederentdeckung der Geschichten zum Geschenk zu machen ...

Dann griff ich nach dem Buch, das sich in meiner Tasche befand. Betrachtete und befühlte den Einband, blätterte durch die Seiten. Es war neu und ungelesen. Es war mein eigenes Buch.

Ein Manuskript in eine Buchform zu bringen und drucken zu lassen war heutzutage nicht mehr schwer. Es gab Dienstleister dafür, die gegen eine entsprechende Entlohnung die dafür nötigen Aktivitäten umsetzten, an deren Ende ein fertig gedrucktes Buch stand. Ich hatte mich hineinfuchsen müssen, vor allem, was den technischen und gestalterischen Bereich betraf, aber dabei hatten mir Mitglieder aus der Autorengruppe im sozialen Netzwerk geholfen. Schließlich hatte ich vier Exemplare drucken lassen, eins für mich selbst, das ich oft zur Hand nahm. Eins für meine Chefin Sina, die mir für meine Genesung viel Zeit ließ und großes Verständnis zeigte. Eins für meine neue Freundin Marie, die ich in der Selbsthilfegruppe kennengelernt hatte und mit der mich nicht zuletzt die Liebe zu Büchern verband. Mit einer ausfernden Panikstörung hatte sie ihr eigenes Päckchen zu tragen, doch wir seelischen Krüppel hielten uns gegenseitig an den Schultern und Ellbogen fest, um uns gemeinsam durch die raue See unserer Unpässlichkeiten und Befindlichkeiten zu kämpfen. Keiner würde untergehen. Manchmal scherzten und lachten wir auch, ganz unbeschwert, wie es normale Leute eben taten. Trafen uns zu Eis oder Torte im Café, umrundeten den Stadtpark, schauten zusammen Filme oder probierten Kochrezepte aus. Diese winzigen Schritte waren alle bedeutende Steine in meinem Mosaik, das mein neues Leben zeigte. Es war noch kümmerlich und lückenhaft. Es wuchs heran.

Das letzte Exemplar meines Buchs hatte ich mitgebracht. *Dornröschen hat hundert Jahre geschlafen,* schoss es mir durch den Kopf, *aber selbst der längste Traum muss einmal enden, wie schön er auch sein mag.* Doch zum Glück hinterließen Geschichten eine Spur im Leben, wie Träume, die man nicht mehr vergaß. Sie blieben bei uns wie zuverlässige, tröstende Kameraden, deren Zuneigung wir uns gewiss sein konnten.

„Für dich, Wilhelm", sagte ich und legte das Buch ins Gras. „Es ist deine Geschichte und meine. Sie ist fertig, aber ein Ende hat sie noch nicht. Sie ist traurig und sie ist schön. Ich habe sie geschrieben, aber erschaffen hast du sie. Dafür danke ich dir, auch, wenn du nur in meiner Fantasie existiert hast."

Ich lauschte in den blauen Himmel, von dem natürlich keine Antwort kam. Altweibersommer. Gedanken waren wie diese glitzernden Fäden, die durch die Gegend stoben und nur gelegentlich aufblitzten, wenn die Sonne im richtigen Winkel auf sie fiel. Und Gefühle waren nur Vogelgezwitscher, das vorbeiflog, einen Eindruck hinterließ und wieder verschwand, wild schimpfend oder sanft im Auftrieb dahingleitend, nicht jedoch von Dauer.

Alles, was ich brauchte, war da. Das Lesen, das Schreiben, die Idee von Freundschaft und Verbindung, Vorstellungen darüber, dass es ein Morgen geben konnte. Ein Heim, das zu erschaffen war, Arbeit und Anstrengung, die Aussicht auf eine Ernte. Wilhelms ruppiges Lächeln, das sein wettergegerbtes Gesicht runzlig werden und seine Augen strahlen ließ.

Die Zuneigung, die er mir entgegengebracht hatte, war im Grunde nichts anderes als die Liebe, die ich für mich selbst empfand, trotz all meiner Fehler und Mängel. In meinem Buch goss ich sie in eine Form, die mir diesen Fakt immer wieder aufs Neue beweisen würde.

Ich stand auf und ließ das Buch liegen. Mochte mein imaginärer Freund vorbeikommen und es auflesen, sich unter die Jacke schieben, es sich in seiner träumerischen Fantasiewelt damit gemütlich machen, auf einem Sofa, einem Bett, im Gras unter einem Baum, in einem alten Stall.

Als ich ging, glänzte der Einband im Sonnenlicht, mein Märchen vom Sehnen und Trauern, von Freude und Glück, vom Verzweifeln und Kämpfen, meine „Unvollkommenheit der Wünsche". Ich ließ meine Geschichte von den Wünschen, die so wenig perfekt waren wie ich selbst, hinter mir. *(Durfte ich ihnen das verdenken?)*

Und so hatte ich Hände, Herz und Kopf frei, um mich einer neuen Geschichte zuzuwenden, die erst noch zu schreiben war.

Liebe Leserin, lieber Leser,

ich danke dir herzlich, dass du Zeit mit meiner
Geschichte verbracht hast und hoffe,
sie hat dir gefallen und dich gut unterhalten.

Wenn du eine Anmerkung, Rückmeldung
oder Kritik hast, würde ich mich sehr
über eine E-Mail freuen:

info@lindner-katharina.de

AutorInnen freuen sich auch immer sehr
über Rezensionen oder Empfehlungen
in den öffentlichen Netzwerken.

Leider bleiben Bücher ohne diese unsichtbar
und gehen den Leserinnen und Lesern verloren.
Sie brauchen Stimmen, die sich zu ihnen äußern.
Vielleicht ist deine eine davon?

Ich danke dir von Herzen.

Deine Katharina Lindner

Besuche mich auch gern auf meiner

Autorenseite:

www.lindner-katharina.de

Oder begegne mir und meinen Themen auf meinem liebevoll geführten

Blog:

www.seelenheiter.de

Literatur, Kunst und Tipps, wie du ein erfülltes und glückliches Leben führen kannst.

All das findest du dort
in regelmäßigen Beiträgen.

Mach's gut!

Ich wünsche dir von ganzem Herzen alles Liebe und eine schöne Zeit mit vielen abenteuerlichen, spannenden und berührenden Büchern! Vielleicht bis zur nächsten Lektüre?